CLAUDIA BOCŞARU

PUTEREA DURERII

CLAUDIA BOCȘARU

PUTEREA DURERII

Volumul 1

Design copertă: Elena Plămădeală

Prima ediţie: 2020

ISBN 978-0-244-55815

Această carte e dedicată fiicei mele, Marina.

Ea a fost, este și va fi puterea, lumina și speranța mea.

Pentru toate momentele de fericire ce au fost și vor fi alături de tine, îți mulțumesc,

iubita mea fiică.

Cuprins

Recunoștințe

Pentru această carte am să mulțumesc lui Dumnezeu în primul rând, fără El nimic nu e posibil.

Mulțumesc celei care mi-a dat viață, mamei mele, datorită ei trăiesc.

Am să mulțumesc tuturor celor care m-au ajutat la crearea cărții, prin susținerea lor constantă, sprijinul moral și ajutorul neprețuit fără de care nu aș fi putut să vă prezint această carte.

Mulțumesc pictoriţei Elenei Plămădeală pentru coperta cărții mele, pentru profesionalism și seriozitate.

Mulțumesc scriitorului Alberto Bacoi pentru prefața cărții, pentru acuratețea privind mesajul voit de mine pentru cititori.

Mulțumesc scriitoarei Diana Farca pentru postfața realizată într-o manieră deosebită și unică.

Mulțumesc Mariana Plămădeală pentru sprijinul neprețuit acordat în editare și redactare.

Mulțumiri îi datorez lui Andrei, pentru ajutorul dat la editarea cărții și pentru că nu m-a lăsat să renunț la visul meu. Mulțumesc Mariei pentru inspirație și ajutor în realizarea acestei cărți.

Mulțumiri familiei și prietenilor care au crezut în mine, fără suportul vostru nu aș fi reușit să închei acest prim volum al cărții.

Mulțumesc Emma, pentru tot sprijinul de care am avut parte pe parcursul anilor lucrați la Premier Inn.

Nu aș fi ajuns să scriu această carte și poate nu aș fi reușit să o public dacă nu mă aflam în acest loc.

Cea mai adâncă și aleasă recunoștiință vă datorez vouă, acelor cititori ce vor alege să deschidă și să citească această carte bazată în mare parte pe povești reale de viață, o realitate a zilelor noastre, văzută din perspectiva mea.

Fie ca această carte să vă inspire să iubiți viața așa cum e ea, cu bucurii și dureri. Toate experiențele ne ajută să creștem și să ne maturizăm, să vedem frumusețea ce există în fiecare din noi.

Prefață

Nu am știut niciodată faptul că puterea poate izvorî din durere, că atunci când ești slab ești cel mai puternic, că fericiții de astăzi sunt oamenii care în trecut au suferit cel mai mult. Întotdeauna am crezut că omul curajos este acela neînfricat, dar nu este.

În realitate curajos este omul obișnuit, care se teme, dar care nu permite fricii să îi influențeze viața și ia decizia de a înainta cu sau fără iubirea celui care i-a jurat-o în genunchi, cu mâinile tremurând, dăruindu-i o bijuterie, simbol pe care majoritatea l-au confundat cu iubirea până în clipa în care s-au trezit că nu îi mai leagă nimic. Întotdeauna am crezut că omul care iubește este slab, căci el are o sensibilitate aparte care nu rezistă în fața șantajului emoțional sau a promisiunilor făcute în vânt și crede prea mult în oameni, iar cel puternic este omul rece care nu simte nimic și nu oferă.

În realitate, puternic este omul iubitor, care își extrage energia din inima lui uriașă care se regenerează și nu se termină, iar cel lipsit de sentimente este singur și gol.

Claudia, autoarea pe care am avut privilegiul să o întâlnesc, este o femeie pe cât de iubitoare, pe atât de puternică. Peste toate aceste calități se revarsă spiritul ei de mamă a cărui căldură o învăluie nu doar pe Marina, el cuprinde întreaga lume și îi dăruiește acest ghid al învingătorului, cartea Puterea durerii.

Alberto Bacoi

Zbuciumul sufletului

Primăvara venise în acel an mai repede ca de obicei. Orașul împânzit până de curând de zăpadă, reînvia la viață, parcă mai frumos ca niciodată. Clădirile înalte din partea nouă a orașului contrastau cu casele vechi din partea veche a lui, făcând din Sibiu un oraș unic prin acel amestec de nou și vechi.

Dintr-un apartament aflat la mică distanță de Parcul Sub Arini, Iris privea îngândurată apusul soarelui. Ochii săi albaștri erau plini de lacrimi de durere. Era o femeie atrăgătoare de douăzeci și cinci de ani, însă viața ei deja îi părea o luptă. Părul blond îi acoperea umerii albi, iar trupul ei firav se contura frumos. Ceea ce atrăgea la ea era cumva de nedescris.

Privirea ei era pătrunzătoare și nu ezita niciodată să privească oamenii din jur în ochi. Acum ajunsese la un moment critic din viața, divorțul de soțul ei fiind inevitabil.

După cinci ani de căsnicie frumoși, nimeni nu se gândea că ei ar divorța. El o ceruse repede în căsătorie, la doar cinci luni după ce s-au cunoscut. Părea îndrăgostit total și iremediabil de ea...

Mateo era un bărbat ce se făcea remarcat prin mai mult decât prezența lui fizică. Nu era un bărbat frumos, însă avea șarmul lui inconfundabil. Imediat ce începea să vorbească, era plăcut. Glumeț din fire, foarte deschis și sociabil, Mateo atrăgea imediat oamenii din jur și le capta atenția. Înalt, bine făcut, cu ochii negri și părul șaten, acesta era genul de bărbat dorit si admirat.

Împreună formau un cuplu frumos și oricine i-ar fi văzut ar fi spus că sunt făcuți unul pentru altul. Iris observase că de multe ori oamenii puneau etichete pe anumite persoane și nu aveau răbdarea suficientă pentru a cunoaște cu adevărat pe cei din jur.

Asta se întâmplase și cu ea acum. Primise o etichetă greșită și era greu să o schimbe, în plus parcă nici nu îi mai păsa.

Alungă din mintea ei amintirile din trecut și se așeză ușor pe fotoliu. Privi cu atenție în jur. Fiecare lucru purta amprenta sufletului său. Speranțe și vise adunate in același loc, planuri nenumărate făcute în doi. Fără să realizeze, inconștient, în mintea și sufletul ei, se pornise o luptă între ceea ce își dorea și ceea ce trebuia să facă.

- E timpul sa renunți la tot, nu iți mai aparține nimic acum!

- Dar am o casă a mea, am o familie, am un serviciu. Am tot! De ce să renunț?

- Pentru că tot ce crezi că ai acum e doar o iluzie. O amăgire, o amânare a inevitabilului. Trebuie să înțelegi că degeaba ai tot la suprafață, din moment ce înăuntru totul s-a transformat în nimic!

Iris îl auzi pe Mateo intrând pe ușă și căută să își controleze emoțiile și gândurile contradictorii.

- Servus Iris, spuse Mateo.

- Servus, răspunse Iris cu o voce stinsă. Il privi atent. Avea o siguranță în privire și în atitudine încât putea cu ușurință obține orice își propunea. Un om extrem de politicos, sociabil și cu zâmbetul pe buze, dădea impresia că te ascultă și că te apreciază.

Aparențele înșeală aproape mereu, gândi Iris, iar în acest caz era adevărat. La cei 25 de ani, Mateo era un bărbat realizat, inginer la o firmă renumită din Sibiu. Acum era aproape să câștige o sumă enormă din vânzarea imobilului în care locuia cu ea. Prețul? Căsnicia lor.

- Azi mă întâlnesc cu cei care vor să cumpere casa. Rămâne cum am stabilit, da? întrebă el.
Vei semna că renunți la drepturi!

- Dacă banii sunt mai importanți decât relația noastră, voi semna, răspunse Iris.

- Amândouă sunt importante, însă știi că nu ai nici un drept aici!

- Oare chiar nu am? Am investit amândoi în acest apartament și l-am cumpărat împreună.
Dar voi renunța la tot, inclusiv la noi, dacă doar asta ne mai leagă. Nu ești cel de care m-am îndrăgostit la început. Nu te mai recunosc.

Iris inchise apoi ușa la cameră și izbucni în plâns. Durerea era atât de mare încât o îngenunche. Primul ei vis se năruise fără să mai poată face ceva. Era peste puterile ei să înțeleagă cum de bărbatul iubit alegea puterea banilor și era dispus să renunțe la ea și la căsnicia lor.

Zâmbi trist durerii și își propuse să accepte realitatea. Mereu trebuia să plătească un preț în schimbul fericirii ei. Dorința de a avea o familie fericită pentru totdeauna alături de Mateo se destrămase deodată, fără ca ea să poată face ceva.

Auzi ușa de la intrare trântindu-se tare. Plecase din nou, de data asta luând cu el iubirea lor. Iris rămase cufundată în gânduri și durere.

Puțin mai târziu telefonul de pe masă sună. Era Maria, prietena ei de suflet. Se cunoșteau de mici și aveau o prietenie aparte. Maria era genul de persoană sensibilă, sufletistă și mereu aproape de Iris. Avea o frumusețe aparte venită dintr-un suflet curat și blând. Viața Mariei era fascinant de imprevizilă, însă era frumoasă.

Reușise să-și împlinească visul de a deveni profesoară. Preda la o școală specială de copii cu dizabilități. Îi adora și era fericită când era cu ei, credința în Dumnezeu ajutând-o mereu să meargă înainte. Deși se despărțise de Cosmin, primul ei prieten și marea ei iubire, ea găsise alte binecuvântări în viața ei și era un prieten minunat pe care oricine și l-ar fi dorit alături. Acum simțise că Iris avea nevoie de ea și de aceea o sunase.

Stabiliseră să se vadă la o terasă aproape de Iris. Imediat ce o văzu, Maria o strânse tare în brațe.

- Iris, îmi pare așa de rău. Nu ezita să-mi ceri ajutorul. Sunt aici pentru tine, draga mea.

- Știu Mari! Îți mulțumesc pentru că îmi ești alături. Dincolo de durerea de acum se află liniștea. Singura cale de a putea merge înainte este...să merg. Am pierdut totul și totuși am totul. Mă am pe mine, pe Dumnezeu, pe tine și pe ai mei. Deci, de fapt am totul. Pentru ce să mă agaț de cineva doar pentru că îl iubesc? Dacă iubirea lui pentru mine era mai mare decât dorința de a avea, nu renunța la noi, răspunse cu tristețe în glas Iris.

Unii ne cer totul, dar uită sau decid să nu dăruiască înapoi nimic. Dăruirea e calitatea celor incapabili să fie egoiști. Hotărî atunci să depășească această etapă grea din viața ei. Să perceapă durerea ca o putere, să continue să trăiască cu zâmbetul pe buze și în suflet. Era conștientă că niciodată nu va alege să se compromită sau să-și încalce principiile.

Maria o ținea strâns de mână și aștepta un semn de la ea.

- O să fiu bine, șopti Iris. Durerea va dispărea cu timpul. Am pierdut un om, însă nu m-am pierdut pe mine însumi, deci, nu îți face griji, să mergem.

Zilele ce au urmat au fost ca un coşmar urât din care spera să se trezească. Intr-o zi îşi luă tot ce era important pentru ea şi se mută într-o garsonieră închiriată. Nu reuşea să se acomodeze deloc şi totul părea diferit, rece şi nou.

Nu după mult timp, avocatul lui o contactă pentru a stabili o întâlnire referitoare la divorț şi la actele prin care ea renunța la drepturile legate de apartamentul cumpărat împreună.

Cu inima zdrobită, ea acceptă să se vadă în trei zile. Se întâlniră la biroul notarial, unde erau aşteptați de avocatul ce se ocupa de cazul lor. Semnară tot ce era legat de apartament şi Mateo îi mulțumi, afişând un zâmbet larg.

Avocatul pregăti apoi actele de divorț şi le dădu fiecăruia să semneze. Totul se încheie foarte repede şi fără complicații.

Iris zâmbi amar şi îl întrebă dacă acum e fericit.

- Da, Iris, sunt fericit.

- Mă bucur! Ai grijă de sufletul tău, răspunse Iris şi ieşi din biroul notarial.

Nu mai vroia să stea o clipă acolo. Mergând pe stradă, gândurile se perindeau cu repeziciune în mintea ei. Oare anii petrecuți împreună nu au însemnat nimic pentru el?

Oare Mateo credea că fericirea constă în bunuri materiale sau bani? Posibil că da din moment ce a renunțat fără a regreta la căsnicia lor. Se gândi dacă cumva putea ea salva căsnicia lor și dacă a făcut tot ce era posibil. Își aminti de câte ori îl rugase să nu se mai lase influențat negativ de prieteni, să nu o mai jignească, să nu mai piardă nopțile cu așa-zișii prieteni, care nu făceau altceva decât să îl tragă în jos și să îl depărteze voit de ea.

Atunci când apăruse Cleo și îi promise lui Mateo independența financiară, Iris simți că ceva nu e în regulă. Apoi Cleo apăru cu un american în vizită. La puțin timp după, Mateo îi spuse că va vinde apartamentul. Iris încercă să îl convingă că nu era nevoie să facă asta, însă ispita banului era prea mare. Mai mare și decât dragostea lor. Lacrimi fierbinți îi curgeau pe obraji încontinuu.

Cât va dura această durere insuportabilă?
Există vreo cale prin care voi putea să o opresc
sau să o fac mai suportabilă?

Fiecare gând îi amintea de ei doi, de un prezent devenit trecut mult prea repede. Hotărî să privească această pierdere ca pe o lecție crudă, însă necesară. Avea să pășească înainte cu încredere în ea și în puterea ei interioară.

Nu voi lăsa durerea să mă oprească din drum. Fiecare lacrimă o voi transforma într-un zâmbet și voi crea zâmbete pe chipul meu încercat. Apoi le voi dărui celor ce au uitat cum să zâmbească.

Iris se așeză ușor pe fotoliu și închise ochii.

În partea opusă a orașului, Maria vorbea cu mama sa despre cupluri în general.

- Știi Maria, există cupluri care reușesc să depășească momentele dificile sau reușesc să-și învingă viciile. Cred că cel mai important lucru într-o relație e să fii puternic în fața obstacolelor apărute. Să nu cedezi ispitelor de orice fel. Inevitabil pe parcurs vor apărea oameni care te vor corupe și vor încerca să te manipuleze. Vei avea impresia că toți îți sunt prieteni și că îți vor binele. E ciudat cum insistențele prietenilor sunt tot mai dese atunci când ai o relație, unii căutând să te atragă în diverse activități ce nu includ și partenerul de viață. În acele momente, e esențial să alegi asumat și corect , concluzionă mama Mariei.

- E ciudat cum atunci când ajungi să ai tot ce ți-ai dorit, realizezi că nu mai e ceea ce îți dorești. Mereu începem un drum cu mici speranțe presărate cu iubire.

Ne dorim să fim iubiți și suntem dispuși la început să facem compromisuri și sacrificii. Ajungem să ne focalizăm atenția doar pe relație, căutăm să obținem iubirea cuiva cu orice preț neînțelegând că iubirea nu are preț!

Intensitatea sentimentelor crește pe măsură ce avansăm în relație și depinde de noi cum decidem să menținem o relație. Poate fi o relație falsă, bazată pe interese și beneficii sau poate fi o relație sinceră și deschisă bazată pe respect și iubire, spuse Maria.

- Așa e draga mea. Mă bucur că gândești așa, răspunse mama ei.

- Totul depinde de ce alegem noi.

- Sunt convinsă că tu vei alege cu sufletul mereu. Nu uita că sufletul are răspunsurile la întrebările noastre. Trebuie doar să ne facem timp să îl ascultăm. Să îi ascultăm zbuciumul, să căutăm mereu fericirea și liniștea lui. Atâta timp cât sufletul nostru e liniștit și nu uităm de Dumnezeu, viața noastră va fi minunată.

Relația lor era una apropiată și specială. De aceea se înțelegeau așa bine. Erau, înainte de toate, prietene, apoi mamă și fiică. O binecuvântare în viața lor și a altora.

În mica garsonieră închiriată, Iris căuta să găsească motive de bucurie și să înțeleagă că așa cum totul ajunsese nimic și nimicul trebuia să formeze din nou un tot. Avea nevoie de credință și de putere interioară, de multă răbdare și iubire.

Totul va fi bine din nou, doar trebuia să creadă asta clipă de clipă. Un gând fugitiv îi trecu prin minte. Dacă ar vorbi cu Aniela despre ce s-a întâmplat? Sau cu Dorina? Hmm...mda.

Știa deja ceea ce îi vor spune și cum vor reacționa. Înainte de toate o vor compătimi, apoi o vor sfătui. Parcă le auzea:

"Mai bine acceptai toate greșelile, toate jignirile și continuai să ai o familie...

Mai bine stăteai cu el și acum aveai un soț,o familie...

Mai bine ..."

Hotărî atunci să treacă singură prin această durere ireal de mare. De fapt nu avea să fie singură nici o clipă. Familia, Maria și Dumnezeu îi erau alături. Dumnezeu îi va dărui putere și iubire pentru a merge mai departe. A cădea în depresie, a ceda în fața durerii însemna practic să renunțe la viața ei. Căci ce viață putea avea în depresie?

Până la urmă toată răutatea celor din jur nu au atins-o, vorbele deșarte, promisiunile neonorate nu au distrus sufletul ei bun. Se simțea mândră de felul cum reușea să găsească soluții de a pune capăt durerii, fără doctori, fără tratamente prin spital, doar prin rugăciune și iubire.

Părea incredibil, dar așa era. Zi de zi se simțea tot mai sigură pe ea, tot mai încrezătoare în viață și în oameni. Până la urmă, un om nu reprezenta întreaga omenire și faptul că Mateo a plecat din viața ei putea fi ceea ce avea ea nevoie, deși atunci nu înțelegea exact ceea ce se întâmplase.. Ar fi putut să îl urască pentru că nu a luptat pentru căsnicia lor, că nu a încercat să o țină în viața lui. Oare asta ar fi făcut bine sufletului ei? Oare se merita să își înnegrească sufletul?

Nu! Avea să iubească din nou și să zâmbească trecutului său fără a se mai lăsa afectată.

Liniștea

Anul ce trecuse o schimbase mult pe Iris. Devenise mai frumoasă, liniștită, iubită de cei din jur. După puțin timp de la divorț, primise o ofertă bună de job de la o companie importantă din Sibiu. Acceptă imediat, deși știa că nu era total pregătită pentru asta și trebuia să muncească mult pentru a deveni un om important în companie. Pentru început primise postul de controlor de calitate a produselor textile. Era un nou început și era pentru ea exact ceea ce avea nevoie. Se împrietenise repede cu doi colegi din firmă, Emil și Clara.

Clara, era o femeie frumoasă și deșteaptă și oricine ar fi vrut să stea în preajma ei. La cei 40 de ani ai săi avea cam tot ce își putea dori cineva. Atitudinea ei pozitivă și zâmbetul nelipsit de pe fața ei atrăgea ca un magnet.

Brunetă, cu ochii verzi și tenul cafeniu, Clara era o apariție remarcabilă. Mulți o invidiau pentru familia ce o avea de cincisprezece ani și pentru funcția sa de manager de proiect.

O căsnicie frumoasă, un băiețel minunat, un job foarte bun și enorm de mulți prieteni. O minune de femeie pe care Iris o îndrăgi pe loc. Se cunoscuseră mai bine la un eveniment organizat de firma lor. Intraseră repede în vorbă și se plăcură. Erau amândouă frumoase și elegante, însă ce atrăgea mai mult era felul în care se făceau plăcute. Zâmbetul și privirea lor caldă precum și eleganța lor, comportamentul decent și atitudinea le făcea să se distingă de restul invitaților.

Alături de ele venise și Emil, colegul lor. Iris se uită atentă la bărbatul din fața ei. Înalt, slăbuț, cu ochii albaștri și părul blond, îmbrăcat cu bun gust, acel bărbat era cu adevărat un bărbat frumos și deștept.

- Bună seara, frumoasele mele colege!

- Bună Emil, răspunse Clara.

- Bună dragul nostru coleg, spuse Iris. Mă bucur că ai venit și tu.

Voi doi sunteți preferații mei de aici, adăugă Iris.

- O, mă simt flatat să aud asta.

Înseamnă că am făcut o alegere bună în seara asta.

- Spuneți-mi, dragele mele, cu ce vă servesc în seara asta? spuse Emil.

Iris zâmbi și îi răspunse:

- Mie adu-mi, te rog, un cocktail de fructe, fără alcool, mulțumesc.

- La fel și mie, te rog, spuse Clara.

Emil plecă zâmbind să aducă cele două băuturi. Se gândi cât de mult se schimbase de când era în firma asta. La cei 40 de ani ai săi avusese parte de o viață grea. Fusese forțat să se mute din casa părinților, datorită sorei lui mai mici. Cumva ea reușise să îi facă pe părinți să semneze un act prin care îi lăsau ei casa.

El cedase și își căutase o garsonieră. O întâlnise apoi pe Aura, iubirea lui cea mare. Apoi...of.
Emil șterse o lacrimă scursă pe obraz și alungă gândurile ce îi invadau mintea clipă de clipă. Comandă băuturile de la bar și se întoarse cu ele la masa unde se afla Iris și Clara.

- Am revenit la voi. Mi-ați simțit lipsa? întrebă el cu zâmbetul pe buze.

- Da, desigur. Mi-ai lipsit, spuse Clara fără să clipească. Apoi se roși instantaneu.

- Adică...așteptam băuturile, continuă ea.

Iris le observă privirile și zâmbi. Hotărî să îi lase singuri câteva minute.

- Pe mine mă scuzați. Revin înapoi imediat, spuse Iris ridicându-se de la masă.

Emil zâmbi din nou în semn de mulțumire.

- Noi o să fim tot aici. Te așteptăm.

Preț de câteva minute amândoi tăcură, fără să poată să spună ceva. Vorbeau însă în gând.

Emil își făcu curaj și o invită la dans. Clara acceptă și amândoi începură să danseze pe o melodie clasică numită "Lady in red".

Iris întârzia să apară și cei doi deja uitaseră de ea. Emil simțea cum se apropia tot mai mult de Clara și o plăcea mult. Singura problemă era faptul că era căsătorită. Nu se gândea la mai mult, insă ceva îi spunea că ea nu era fericită. Poate se înșela de data asta, însă el nu se înșela niciodată.

Hm…oare să deschidă subiectul? Dacă se va supăra pe el? Poate ar fi bine să înceapă cu el. Așa ea ar căpăta încredere în el.

- Știi, de când sunt aici în firmă mă simt mai bine. Nu am crezut că un loc de muncă nou și oameni noi m-ar putea ajuta să îmi ridic moralul.

- După cum te exprimi, ai trecut prin ceva grav. Mă bucur că ești bine acum, zise Clara.

Știu că noi doi nu am prea vorbit, dar poți avea încredere în mine. Știu să ascult și dacă te pot ajuta într-un fel, am să o fac cu mare drag.

- Mulțumesc mult. Nu vreau să te intristez azi. Nu e nimic roz în viața mea acum, replică Emil.

- Mai bine lasă-mă pe mine să decid singură cum văd eu viața ta. Bine?

- Ok, cum zici tu șefa, spuse Emil zâmbind. Păi să vedem. Despre ce vrei să îți povestesc? Despre perioada în care am pierdut prima mea iubire sau anii de după, în care am căutat cu diperare să îmi revin, fără prea mare succes?

- Te ascult Emil. Ai decis singur despre ce vrei să vorbești. Bănuiesc că asta e cea mai mare durere a ta de până acum. Oamenii ar trebui să asculte și durerile altora. Nu doar bucuriile.

- Așa e, ai dreptate, Clara. Nici nu știu cum să încep. Aveam treizeci de ani când am cunoscut-o pe Aura. Locuiam singur într-o garsonieră. Zilele se scurgeau greu pentru mine de la moartea părinților mei într-un accident de mașină. O perioadă de timp mergeam zilnic km în șir fără un scop anume. Într-una din acele zile m-am oprit la o terasă din centrul Sibiului.

Am comandat o cafea și m-am așezat la o masă din margine. Adoram să privesc Piața Mare plină de porumbei și de copilași alergând după ei sau dându-le de mâncare. Deodată am văzut-o pe ea. Era încântătoare și am fost fascinat pe loc de ea. Părul ei negru, lung, acoperea umerii săi, iar ochii, wow...erau de un albastru deschis tulburător. O femeie frumoasă mai ales prin naturalețea ei. Am observat uimit că nu era machiată strident și asta m-a făcut să o plac și mai mult. Am lăsat-o să comande, apoi am mers la masa ei. După cum mă așteptam, nu a acceptat cu ușurință să povestească cu un străin, însă am insistat până am reușit să îi smulg un mic zâmbet. Din aceea zi am cunoscut fericirea și pot spune că în mare parte ea era responsabilă de asta. Adoram cum mă simțeam în preajma ei și nu mai vedeam viitorul meu fără ea.

Emil se opri din povestit și o întrebă pe Clara:

- Te plictisesc?
- Deloc!
- Te rog, continuă.

- Bine, mulțumesc pentru răbdare. După câteva luni ne mutaserăm împreună și totul îmi părea perfect. Poate prea perfect...

Într-o zi mă hotărâsem să o cer în căsătorie pentru că o iubeam enorm și deja locuiam împreună. Am chemat-o în oraș cu pretextul de a vedea un film împreună. A acceptat rapid și ne-am întâlnit la intrare. Îi cumpărasem un buchet de trandafiri albi, știam că sunt preferații ei. De cum m-a văzut, s-a schimbat la față. M-am dus spre ea fericit.

- Aura, iubita mea frumoasă, uite, trandafirii sunt pentru tine. Știu cât de mult îți plac. Înainte să intrăm vreau să îți spun ceva.

- Emil, am să îți spun și eu ceva.

- Atunci spune tu prima.

- Emil, știi că eu lucrez de mulți ani la aceeași companie.

- Da, știu.

Săptămana trecută am avut ședință. S-a decis ca trei persoane din companie să plece într-o delegație de opt luni în America.

Ascultam din ce în ce mai atent.

- Așa deodată?

- Da, auzisem niște zvonuri mai demult, iar acum s-au adeverit.

- Eu am fost nominalizată printre cele trei persoane. Am acceptat. Plec luni.

- Poftim? Păi nu trebuia să decidem împreună?

- Emil, e cariera mea în joc!

- Aura, e relația noastră în joc!

- Emil, am decis să ne despărțim acum. Nu știu cât voi sta acolo și nu are sens să mă aștepți. Înainte de a putea zice ceva, ea s-a întors și a plecat. Mi-a fost enorm de greu să pot percepe tot și nu reușeam să înțeleg de ce a ales asta. Târziu am înțeles că pentru ea, atunci, cariera fusese mult mai importantă ca relația noastră, încheie el cu tristețe în glas.

- Îmi pare rău pentru că ai trecut prin asta, spuse Clara. Suferința ta de atunci e puterea ta de acum, oricât de ciudat ți-ar părea asta. Oamenii în general asociază o viață împlinită cu succesul pe plan profesional. Pentru unii chiar așa e. Eu cred că avem nevoie de oameni cu suflet alături de noi care să ne ajute să creștem. Unii rămân mai puțin, alții mai mult în viața noastră. Tot ce trebuie să facem e să acceptăm asta.

- Ai dreptate, Clara .

Iris reveni la ei și discuțiile se schimbară. La puțin timp după , Iris plecă de la acel eveniment frumos. Clara se simțise tare bine, era liniștită și fericită. Simțea că acel job era exact ceea ce avea ea nevoie atunci. Îi lua gândul de la singurătatea ce apăruse în viața ei.

Poate că totul avea un motiv și știa că intr-o zi va reuși să înțeleagă tot. Luă un taxi și ajunse acasă rapid. Doborâtă de oboseală, adormi imediat ce se puse în pat. În cealaltă parte a orașului , Emil intră și el în casă. Era fericit, deși nimic special nu se întâmplase în aceea zi. Sau poate că da? Rămase mult timp cu gândul la Clara și deși știa că nu avea nici o șansă cu ea, decise să o păstreze în visele sale. Până la urmă, visele îi erau permise și îl făceau mai fericit. Fericit și liniștit.

Poate că de fapt liniștea înseamnă fericirea?

Hm...poate. Adormi cu gândul la asta și la Clara.

Zilele următoare trecură parcă altfel. Zâmbea mai des și era mai vesel. Atunci când credea că nimic nu mai are sens, Dumnezeu îi arăta unul.

La puțin timp după acel eveniment, Iris termină într-o zi mai repede și îi propuse Clarei să meargă împreună la o cafea. Clara terminase și ea munca, așa că acceptă, dar după ce se asigură că mamei ei putea sta un pic cu Andrei, băiețelul ei, până când mergea ea acasă.

Plecară amândouă și Iris o întrebă pe Clara dacă are un loc preferat unde ar vrea să meargă. Clara îi spuse de terasa de la Podul Minciunilor, un loc minunat.

Pe lângă locația atractivă, terasa avea și un program artistic, seară de seară, un pianist local interpretând piese celebre și încântând cu talentul său pe clienții terasei dar și pe trecători. Iris aprobă zâmbind, deoarece îi plăcea locația, iar la puțin timp după, amândouă se delectau cu o cafea și o muzică încântătoare.

Clara îi arătă niște poze cu Andrei și soțul ei, de la ziua lui Andrei din ziua când împlinise șapte anișori. Avusese o petrecere acasă și părea să fi fost tare faină. Ce observase Iris era tristețea din ochii băiețelului și a Clarei. Nu spuse nimic, însă insistă un pic să mai privească pozele cu ei doi.

Clara avea ceva pe suflet ce o întrista iar Iris cumva simțea asta. Prinsese drag de ea și nu vroia să o știe nefericită. Însă nu avea cum să fie nefericită, așa ceva era imposibil. Avea o familie frumoasă, mulți prieteni, o carieră de succes, cam tot ce își putea dori cineva.

- Iris…începu Clara, simt că pot avea încredere în tine, ești o persoană deosebită.

- Da, draga mea, poți avea încredere. Sunt un om simplu, ce nu simte nevoia să se prefacă.

- Relația mea cu soțul meu e departe de a fi perfectă. Simt că nu mai pot.

Atitudinea lui mă doare. Nu îl mai recunosc. Închid ochii la aventurile lui, la viciile lui, însă atitudinea lui față de mine doare cel mai tare. E rece, dur și violent. Nu am crezut vreodată că mă va jigni așa mult sau că va deveni violent. Îi simt palma pe față și durerea se simte până în suflet. E o durere surdă, fără sunet, însă enorm de mare. Aș vrea să înțeleg de ce și nu pot. De ce face acum asta, de ce se comportă așa? De ce nu a mai rămas nimic din iubirea lui pentru mine? Oare vreodată m-a iubit cu adevărat? Unde am greșit?

Ce am făcut sau mai bine zis ce nu am făcut de s-a ajuns aici? Avem cinsprezece ani împreună și niciodată nu aș fi crezut că el vreodată va avea acest comportament. Îl iubesc, însă iubirea pentru el mă doare acum și cu fiecare palmă, țipăt și jignire mă îndepărtez tot mai mult. Avem o viață împreună, avem un copil, un loc al nostru. Cum să îl fac să realizeze tot ce avem și să aprecieze asta? Am devenit o umbră ștearsă și întunecată, fără scop și fără nici un sens. Nu mai știu să zâmbesc, parcă am uitat cum să fac asta și mă pierd în lacrimi și durere. Îmi e atât de teamă că nu voi mai putea zâmbi vreodată, că acest prezent violent mă va face să urăsc viața, oamenii și pe mine însămi.

Cum să fac să merg înainte? Cum să fac ca totul să fie iar ca la început? Simt că mă prăbușesc și nu am de ce să mă agăț. Andrei e mult prea mic pentru a înțelege asta. Pe de altă parte, certurile zi de zi, violența soțului nostru asupra noastră nu sunt normale. Aș vrea să îi iau cumva tot ce e greu și dureros din inima lui Andrei, însă nu pot. Așa încât mă opresc din a căuta soluții și mă blochez.

Sunt legată moral și legal de această căsnicie. Fiul meu e singura bucurie din viața mea și nu vreau să îl rănesc. Nu vreau să crească fără tata de la zece ani. Îmi iubesc familia și îmi doresc mult să o salvez, însă acum văd că prețul este suferința noastră. Durerea mea și a lui Andrei este soluția de a menține această familie? De fapt, simt că toți trei suferim și că nu mai suntem fericiți împreună.

Urmăm doar regulile absurde ale unei societăți deviate de la principiile de demult. O societate bazată pe egoism, putere și durere. Cumva în timp lumea a încetat să fie fericită și să își dorească asta cu adevărat.

Confundă toți fericirea cu niște alegeri alese de alții pentru ei. Iris, spune-mi te rog ce pot să fac pentru a merge înainte. Dă-mi un sfat.

- Draga mea, sunt aici pentru tine. Te ascult și caut să te înțeleg. Îți simt durerea și pare imensă. Cum aș putea să te sfătuiesc eu într-un fel în care nimeni nu ar avea de suferit? E imposibil.

În plus, oricât aș vrea să mă pun în locul tău, nu pot. Aș putea să îți spun să accepți tot și să te sacrifici în continuare pentru a păstra aparențele și pentru a îi oferi fiului tău o familie întreagă. Acum el are parte doar de durere și ură. Ești conștientă de asta.

Eu nu pot să te sfătuiesc așa, pentru că nimeni nu ar trebui să sufere, nici măcar o clipă.

Eu nu am dreptul de a te convinge de ceva deoarece eu nu sunt în locul tău. Ce pot face eu e să te sfătuiesc să îți faci timp pentru tine și să te gândești la ceea ce vrei pentru tine și Andrei de acum încolo. Am încredere că vei găsi singură cea mai bună soluție. Singură ești conștientă că acum ai doar durere. Poți să te ridici exact pe această durere, să o folosești pentru a te motiva și a-ți schimba viața.

Caută soluții, roagă-te mult și mai ales mulțumește lui Dumnezeu pentru tot ce ai acum bun în viața ta. Numără-ți binecuvântările și ai să vezi câte găsești.

Apoi începe să iubești. Pe tine, pe ceilalți, pe Dumnezeu și viața însuși. Nimic nu e permanent decât dacă lași tu să fie. Tu îți creezi viața. Schimbările sunt pentru oameni puternici. Nu oricine poate să facă schimbări în viață de teama de a eșua, iar din cauza asta, mulți dintre oameni se complac în situații nefericite. De multe ori o schimbare poate însemna enorm, doar trebuie să avem curajul de a face asta. Totul depinde de tine mereu. Orice ai decide, eu îți voi fi alături. Nu te voi judeca pentru că nimeni nu are dreptul, nici măcar familia ta sau prietenii. Ai conștiința ta care te va ajuta să iei cele mai bune decizii. Am încredere în tine. Doar ține cont că atunci când ai decis să devii mamă, ai decis să fii responsabilă și pentru copilul tău până când acesta e suficient de mare să fie responsabil și să ia propiile decizii. Totul va fi bine, într-un fel sau altul, vei vedea!

Iris și Clara continuară să povestească uitând de timp. Târziu realizară cât a trecut și se despărțiră, după ce Iris o îmbrățișă strâns, luându-i parcă din durere.

Duminica aceea, Iris o invită la ea acasă pe Clara care venise însoțită de Andrei, fiul ei. Iris evită să o întrebe de ce nu a venit și soțul ei.

Se vedea o durere adâncă în ochii lor...

Andrei se lipi imediat de ea și nu se mai dezlipi până la plecare. Îi povesti de școală, de prietenii lui, ba chiar îi spuse și de fata de la școală care devenise febletea lui. Era un băiețel educat frumos, cu bun simț și un zâmbet fermecător.

Iris îl ascultă cu răbdare și drag. Iubea copiii la nebunie, însă deocamdată nu avea. Poate într o zi, gândi ea. Petrecură o zi minunată toți trei și Iris le mulțumi pentru asta celor doi.

- Iris, și noi îți mulțumim din suflet. De mult timp nu ne-am mai simțit așa bine.

Ziua următoare, Iris văzu biroul Clarei gol. Întrebă pe Iulia dacă știa ceva de lipsa ei și află că sunase de dimineața și anunțase că e în concediu medical. Se gândi să o sune, însă își aduse aminte de discuția lor. Totuși vroia să se asigure că e bine, așa că îi lăsă un mesaj pe telefon:

"Bună dimineața, draga mea. Ai grijă de tine și multă sănătate. La lucru e totul ok, nu îți fă griji. Te pup. Iris."

La puțin timp după ce trimisese mesajul, primi un răspuns:

"Bună dimineața Iris. Mulțumesc mult de mesaj și urări. Te pup și eu. Posibil peste vreo cinci zile să mă simt mai bine și să revin la lucru.

Am o viroză urâtă acum, însă o să treacă repede, cel puțin așa sper. Ai grijă de tine. Clara."

La puțin timp, Emil veni la Iris în birou și o întrebă dacă știe ceva de Clara. Iris îi răspunse zâmbind:

- Tu știi că e căsătorită de mulți ani și are și un băiețel, nu?

- Da Iris, știu. Nu m-aș băga niciodată să stric căsnicia cuiva. Dar o plac. Mult. Rămâne între noi, da?

- Da, desigur, aprobă Iris. A sunat la birou și a anunțat că e în concediu medical. Mai devreme i-am dat un mesaj pe telefon și mi-a dat înapoi, spunându-mi același lucru. Zicea ceva de o viroză, dar va fi ok. Te anunț dacă mai aflu ceva de ea, bine?

- Bine Iris. Mulțumesc frumos. Mă întorc la biroul meu acum, mai vorbim.

Emil plecă spre biroul său însă cu gândul tot la frumoasa lui colegă. Nu știa când și cum se îndrăgostise de Clara, însă se întâmplase. Hotărî să ascundă ce simțea el, pentru că ea era căsătorită.

La două zile după ce vorbise cu ea, Iris primi un telefon de la Clara. Nu apucă să spună nimic, deoarece Clara plângea continuu.

- Iris …te rog, ajută-mă.

- Draga mea spune-mi cu ce pot să te ajut. Sunt alături de tine.

- Ne putem vedea? întrebă Clara.

- Da, chiar și acum. Doar spune-mi unde și vin.

- Poți să vii în Parcul Sub Arini? Eu te aștept la intrare, lângă bazinul Olimpia.

- Bine, vin acolo cât de repede pot. Te pup.

- Te pup și eu. Mulțumesc mult.

O oră mai târziu se întâlniră amândouă în fața parcului.

Iris nu o mai recunoscu pe Clara. Avea hainele murdare și rupte pe alocuri. Băiețelul ei Andrei se ținea de ea și plângea încet. Ochișorii lui căprui arătau o durere enormă. Un băiețel minunat cu o suferință mult prea mare. Când o văzu pe Iris, el fugi la ea și o imbrățișă tare.

- Totul o să fie bine, dragul meu. Liniștește-te că nu e bine să plângi așa mult, ai să te îmbolnăvești. Mami are nevoie de tine puternic acum, îi șopti la ureche Iris. Vă iubesc mult și nu aș lăsa pe nimeni să vă rănească.

- Promiți că totul va fi bine? întrebă Andrei cu ochișorii plini de lacrimi.

- Promit!

Iris îl pupă pe frunte pe Andrei, apoi o întrebă pe Clara:

- Veniți la mine, da?

Clara se apropie de ea, o îmbrățișă strâns și îi șopti la ureche:

- Mulțumesc din suflet, draga mea. Te iubesc și nu știu ce aș fi făcut acum dacă nu erai tu. Îți povestesc mai multe când ajungem la tine.

Se întoarse către Andrei și îl întrebă:

- Mergem la Iris?

- Daaaa! Vezi mami, ți-am zis că Dumnezeu nu ne va lăsa să stăm pe străzi.

El ne iubește mereu și nu ne părăsește niciodată.

Cuvintele lui o făcură pe Clara să plângă din nou. O durea enorm că a ajuns în situația asta și mai ales că ajunsese în stradă. Părea ceva de neimaginat, totuși se întâmplase.

Iris îi întrerupse gândurile:

- Hai să luăm un taxi și să mergem acasă.

Andrei o ținea strâns de mână și zâmbea.

"Doamne, îți mulțumesc pentru că mi-ai oferit șansa de a ajuta un copil, gândi Iris. Copiii nu ar trebuie să treacă prin asemenea momente. Ei au nevoie de multă iubire și credință pentru a deveni adulți fericiți."

Credea cu tărie că oamenii ce au copii trebuie să pună fericirea copiilor prioritară. Ei sunt parte din noi și ne vor fi dovada existenței noastre pe acest pământ. Fericirea lor nu constă în a menține o familie indiferent de situație.

Ajunseră repede acasă la Iris și parcă o liniște profundă puse stăpânire pe sufletele lor. Iris căută niște hăinuțe de schimb pentru Andrei și Clara.

- Am adus aici ceva pentru voi. Andrei, dacă vrei, poți face o băiță până pregătim noi ceva de papa.

- Daaa! Mulțumesc mult Iris, zise Andrei.

Iris se topi la auzul cuvintelor lui.

În timp ce Andrei intră să facă o baie, Iris și Clara începură să vorbească.

- Iris, nu ai idee prin ce am trecut amândoi. Lacrimile se rostogoleau cu repeziciune pe obrazul Clarei și cu greu se putea abține.

Știi că am ajuns mai târziu de la lucru săptămâna trecută datorită ședințelor? Am avut probleme din cauza asta acasă. Dacă în prima zi când am ajuns, el a fost nervos un pic și ne-am certat, în zilele următoare a fost tot mai rău. Azi a fost apogeul.

Fără motiv întemeiat, imediat ce a intrat în casă m-a lovit.

Apoi, ca și când Andrei ar fi avut vreo vină că țipa să nu mai dea în mine, l-a lovit și pe el. Mi-am pierdut controlul și l-am împins strigând la el să nu se atingă de Andrei.

Imediat s-a întors și m-a lovit din nou, de data asta foarte tare. Mi-am pierdut echilibru și am căzut, lovindu-mă la cap. Văzând asta, Andrei s-a speriat tare și a început să plângă. Nervos, soțul meu a decis să plece, nu înainte de a țipa că nu mai vrea să ne găsească acolo când se întoarce. După ce mi-am revenit un pic, te-am sunat și am plecat de acolo. Nu am idee ce vom face dar înapoi nu îl pot duce pe Andrei. E șocat și traumatizat. Nu este prima oară când asistă la o discuție așa, însă sper că e ultima. Nu vreau să mai treacă prin așa ceva.

- Tu decizi de acum. Eu te voi susține indiferent de decizia ta.

Andrei ieși din baie, iar Clara și Iris se opriră din povestit.

- Mami, a fost așa bine! Acum e rândul tău, zise Andrei fugind în brațele ei.

- Mă bucur, dragul meu. Atunci mă duc și eu, iar tu rămâi cu Iris, da? Nu stau mult. Te iubesc.

- Și eu te iubesc, mami. O să vezi că o să fie bine totul, Dumnezeu e cu noi mereu.

Clara îl pupă, luă de la Iris haine curate și intră la baie.

- Andrei, vrei să papi ceva până iasă mami? Ți-e foame tare?

Am făcut pireu cu cărniță de pui.

- Mmm, yummy, vreau să pap. Dar nu mai bine o așteptăm și pe mami?

Iris zâmbi și îi răspunse:

- Știam că vei spune așa. O așteptăm și pe ea. Mă ajuți să aranjăm masa?

- Desigur. Iris, îți mulțumesc din tot sufletul că ne ajuți.

- Cu mare drag vă ajut. Am promis și eu mă țin mereu de promisiuni. Așa să faci și tu. Bine?

- Așa am să fac, spuse Andrei și o îmbrățișă strâns.

Pregătiră masa frumos și se așezară la ea. Clara ieși după puțin timp și începură să mănânce cu poftă. Seara trecu repede și după ce planificaseră ziua următoare, toți trei merseră la somn liniștiți. Zilele următoare au fost grele pentru Clara, ea trebuind să cumpere hăinuțe și rechizite de școală noi pentru Andrei. De asemenea luase și diverse lucruri pentru ei doi, necesare.

Nu mai voia să treacă pe acasă să dea ochii cu el. Se stresa mult cum va continua fără soțul ei, însă Andrei era puterea ei acum. Motivul de a merge înainte cu încredere. Un nou început însemna înainte de toate un sfârșit. După ani îndelungați de căsnicie, un copil minunat și cu o carieră împlinită, Clara trebuia să lase tot în urmă.

El nu sună, nu o căută și totul se rezolvă prin avocați.

Deși îi era recunoscătoare lui Iris pentru că a fost lângă ei și că le-a oferit un loc unde să stea până clarifică totul, după șase luni, Clara începu să caute un apartament sau garsonieră pentru ea și Andrei.

I se părea corect să îi spună și lui Iris de asta și de accea deschise discuția într-o zi.

- Iris, știi că îți sunt recunoscătoare pentru tot ce ai făcut pentru noi, dar cred că e momentul ca eu și Andrei să găsim ceva, un apartament micuț, pentru noi doi.

Aceste șase luni cu tine au fost un balsam pentru noi și nu avem cuvinte să îți mulțumim. A venit timpul să ne mutăm, deși tu ai spus mereu că nu trebuie, o să facem asta acum.

- Clara, tu alegi ce e mai bine pentru tine. Știi că m-am atașat mult de voi și vreau să fiți fericiți mereu.

În plus, îți înțeleg motivele. Am totuși o propunere pentru tine. Știi că ți-am spus un pic de prietena mea de suflet, Maria? E posibil ca ea să cunoască pe cineva care are un apartament de închiriat sau de vândut. Prin prisma a ceea ce face ea, a ajuns să cunoască mulți oameni cu suflet ce vor să ajute.

- Pare o persoană minunată, după spusele tale. Sunt curioasă, cu ce se ocupă?

Maria are o asociație numită "Suflet pentru suflet Maria Magdalena". Asociația are ca scop:

- apărarea drepturilor persoanelor cu dizabilități, drepturile copiilor, ale animalelor și a mediului înconjurător.

- promovarea principiilor competenței și valorii

- conștientizarea tinerilor și a celorlalte categorii de cetățeni, cu privire la importanța valorilor morale.

- colaborarea cu organizații similare din țară și străinătate precum și cu instituțiile de stat pentru promovarea culturii și dreptului.

În mare se ocupă cu ajutorarea persoanelor cu dizabilități, a tinerilor neinstituționalizați, a persoanelor vârstnice, a copiilor, a animalelor și a mediului înconjurător.

Am o adâncă admirație față de ea pentru ceea ce face. Pe lângă asta, este profesor la o școală specială, este implicată în tot felul de proiecte sociale și în cadrul bisericii. Pe scurt, un suflet ce are ca scop binele celor mai loviți de soartă. Are alături de ea mulți oameni, la fel ca ea, ce o sprijină și o ajută să dăruiască zâmbete celor înlăcrimmați.

- Un om cu suflet, după cum o descrii tu. Bine, o să îți urmez sfatul și aștept să vorbești cu ea.

- Excelent! răspunse Iris. O să găsim împreună căminul perfect pentru voi. Totul o să fie bine. Am încredere în Dumnezeu că o să vă dăruiască ceea ce vă doriți.

Zilele următoare Iris vorbi cu Maria despre situația prietenei ei.

- Maria, știi că ți-am spus despre prietena mea care stă la mine cu băiețelul ei.

- Da, îmi aduc aminte.

-Ea lucrează cu mine și ne-am apropiat mult. A avut o perioadă foarte grea, după cincisprezece ani de căsnicie, totul s-a terminat. El a devenit violent psihic și fizic, gelos și posesiv. Din aceste motive, ea s-a mutat la mine, am ajutat-o să meargă înainte.

- Iris, ești minunată și ai un suflet mare.

- Mulțumesc Maria, la fel și tu. De aceea am vrut să vorbesc cu tine, simt că îi poți ajuta.

- Cu mare drag o să îi ajut, dacă pot…și aproape mereu pot, spuse Maria zâmbind.

- Ea a decis să caute ceva mic, o garsonieră pentru ea și Andrei, băiețelul ei. Eu îi respect decizia, totuși i-am spus că poate să stea cu mine în continuare. Mă gândeam dacă știi cumva pe cineva care ar avea o mică locuință. Ea are ceva bănuți puși deoparte și ar putea să cumpere ceva mai ieftin.

- Momentan nu știu nimic, însă mă voi interesa și te anunț imediat ce găsesc ceva. Sunt convinsă că vom găsi ceva pentru ei.

- Mulțumesc din suflet Mari, știam că ne vei ajuta, spuse Iris îmbrățișând-o pe Maria.

Continuară să povestească despre asta și apoi, într-un târziu își luară rămas bun, rămânând ca Maria să o sune după ce se interesează.

Zilele următoare la lucru, Iris și Clara erau într-o dispoziție bună și Emil observă asta. După luni întregi de tăcere, Emil își făcuse curaj și într-o pauză, o abordă pe Clara.

- Cineva este într-o dispoziție bună azi. Te prinde tare bine fericirea.

Clara zâmbi și îi răspunse:

- Mulțumesc frumos.

- Mereu să păstrezi starea asta. În plus, e contagioasă. Ghici ce? M-ai molipsit și pe mine și nu aș avea motive prea multe să fiu fericit.

- Oare trebuie să ai motive întemeiate?

- Așa cred. Dar poți încerca să mă convingi de contrariu, zâmbi Emil. Poate la o cafea după lucru ai putea să îmi expui părerea ta despre cum poți avea fericirea, spuse Emil încet. Bineînțeles dacă poți și dorești să îmi acorzi un pic din timpul tău.

Clara stătu un pic pe gânduri apoi îi spuse:

- Nimeni nu ar trebui să te convingă de nimic. Fericirea e percepută diferit de fiecare din noi. Dar mi-ar plăcea să vorbim despre asta. Totuși la mine nu e totul așa simplu, până și ieșirea la o cafea implică planificări. O să văd dacă pot și te anunț când terminăm programul, e bine așa?

- Da, Clara. Dacă pot să te ajut cu ceva...

- Îți mulțumesc, dar nu ai cum.

- Ne vedem la 4.

- De abia aștept.

Clara plecă spre biroul ei, zâmbind ușor. Imediat ce închise ușa, o sună pe mama ei.

- Bună mami, poți să îl iei tu pe Andrei de la școală azi?

- Desigur, îl iau și stă la mine până vii tu.

- Mulțumesc mult, mami. O să ajung pe la 6. Te pup.

- Bine, nu îți fă griji. Pa, te pup și eu.

Clara închise telefonul, apoi încercă, fără succes, să se concentreze la lucru. Invitația lui Emil o surprinse plăcut. Era un bărbat deștept și atrăgător și Clara se gândi la seara aceea, cu ceva timp în urmă în care au discutat și s-au cunoscut mai bine. Atunci nu a dat multă importanță acestei vizibile conexiuni dintre ei. Lunile ce au urmat s-au dovedit a fi foarte dificile pentru ea și Andrei datorită schimbărilor din viața lor. Emil se retrăsese încet și discret, aflând de divorțul ei de la colegi. Ea bănuia că de aceea el doar o saluta, fără a intra în vorbă cu ea. Hm, oare era bine să iasă cu el?

O cafea și o poveste nu însemna aproape niciodată doar asta. Ei bine, până la urmă nu avea ce să se întâmple. Era divorțată și deși momentan nu mai vroia sub nici o formă o relație, simțea că Emil îi poate dărui multă liniște, părea un om bun și sufletist. Simțise bunătatea și căldura lui chiar și în acele câteva puține momente petrecute împreună.

Cufundată în gânduri, nu auzi când ușa biroului se deschise.

- Am revenit, nu scapi așa ușor de mine, spuse Emil zâmbind.

Clara tresări și instinctiv duse mâna la inimă.

- Păi o să scapi tu de mine dacă mă mai sperii așa.

- Nu îmi doresc asta. Cineva e îndrăgostită azi...Am bătut la ușă înainte să intru, adăugă Emil.

- Da? Eu nu am auzit nimic, răspunse Clara. Cred că eram cufundată în gânduri.

- Aha, te-am prins, te gândeai la mine, așa-i? Ei bine, uite că am apărut dacă m-ai chemat. Deci, cum a rămas, mergem la o cafea? Nu ai decât o varianta de răspuns, știi asta, nu? Un răspuns afirmativ. Nu poți să mă lași să plec acasă fără să înțeleg fericirea sau măcar să aflu părerea ta, zâmbi Emil.

- Cum să te las așa în ceață? Nu am eu inima asta, zâmbi și Clara. Unde mergem? Țin să te anunț că nu cunosc localurile din zonă.

- Într-un loc încântător, foarte aproape de aici.

- Bine, am încredere în decizia ta. Să mergem.

Emil îi deschise ușa Clarei și așteptă ca ea să o ia înainte.

"Doamne, cât e de frumoasă...gândi el. Cred că m-am îndrăgostit. Pff...asta îmi trebuia acum. Altă iluzie, altă dezamăgire."

Dar dacă totuși nu avea să fie o altă dezamăgire? Ea acceptase să iasă la o cafea, deși era conștientă că nu se va rezuma doar la asta. Era prima cafea, dar probabil nu și ultima.

Lăsă gândurile deoparte și o luă pe Clara de braț.

- Îmi permiți?

- Păi, uite așa începe totul. O invitație la cafea, braț la braț, apoi ne trezim că facem un obicei din asta. E ok, atâta timp cât nu îmi ceri mai mult.

După puțin timp, ajunseră la o terasă știută de Emil. Terasa era minunată și plină de trandafiri. Primăvara aceea avea un parfum aparte de frumusețe și Clara fu încântată de alegerea lui Emil.

După ce comandară câte o cafea, începură să povestească.

- Permite-mi să îți spun părerea mea despre fericire. Dar, de fapt te ascult pe tine, apoi îți spun și eu, spuse Emil. Apoi o întrebă:

- Crezi că fericirea este posibilă doar cu ajutorul cuiva sau putem fi fericiți și singuri? Care e de fapt fericirea cu adevărat? E sentimentul ce e creat cu cineva sau doar simțit și creat de noi singuri?

- Emil, e greu de explicat și înțeles. Sincer, eu cred că fericirea e o stare temporară. Poate fi simțită și creată de noi, prin diverse activități ce ne fac fericiți sau poate fi simțită în doi. Există o fericire supremă, însă aceea o obții în doi și e foarte scurtă.

Emil îi răspunse imediat:

- Vrei să îți spun ceva? Asta e și părerea mea. Eu cred că tu ghicești gândurile mele.

- Serios, Emil?

- Din punctul meu de vedere, fericirea nu e permanentă, însă e accesibilă tuturor. De exemplu, eu sunt fericit seara când privesc apusul de la fereastra camerei mele, când dau la porumbei de mâncare și îi văd cum se adună în jurul meu și câteodată îmi ciugulesc din palmă. Sunt fericit când te zăresc dimineața că vii la lucru și acum când te am lângă mine. Știu că nu voi putea ține aceste momente de fericire o veșnicie, însă mereu caut să creez altele.

În mare parte depinde de mine, însă câteodată mai depinde și de o altă persoană, atunci când ne dorim să simțim fericirea alături de ei și cu ei.

Clara zâmbi și completă ideile lui cu ale ei. Aveau cam aceleași păreri și principii. Emil evită să o întrebe de despărțirea ei, gândindu-se că poate ea nu vroia să se destăinuie cuiva străin. Timpul zbură și se despărțiră curând, amândoi simțind că timpul trecuse mult prea repede pentru ei.

Iris primi un telefon de la Maria, la puțin timp după ce vorbise cu ea de situația Clarei.

- Bună dimineața Iris, începu Maria. Am o veste extraordinară. Cineva vrea să vândă un apartament cu două camere, foarte ieftin. E aproape de zona ta, în cartierul Vasile Aaron, chiar vizavi de Liceul Energetic. Dacă puteți, mergem să îl vedem azi sau mâine.

- Wow, asta e minunat. Știam că ne vei ajuta. De ce nu vii tu pe la noi și îi dai tu vestea asta Clarei? Te așteptăm diseară.

- Ok,așa facem. Ne vedem diseară.

Seara, Iris pregăti o masă copioasă și cumpără și o șampanie pe care o puse la frigider.

- Azi avem musafiri, prietena mea, Maria, le spuse Iris lui Andrei și Clarei.

- Super, exclamă Andrei. De abia aștept să o cunosc. Sunt sigur că e la fel de minunată ca tine.

- O, mulțumesc dragul meu, pentru compliment. E o persoană minunată și bună. O să o îndrăgiți pe loc, sunt sigură.

Nici nu apucă să termine vorba că se auzi soneria. Iris se duse la ușă și deschise. Era Maria, după cum bănuia ea.

Urmă o seară plină de zâmbete și multă căldură.

Veștile despre apartamentul găsit îi bucură enorm pe Clara și pe Andrei iar Iris și Maria au fost părtașe la acea fericire.

Sărbătoriră vestea desfăcând șampania cumpărată de Iris și făcând planuri. Viitorul Clarei și a lui Andrei se contura frumos și liniștit. A doua zi văzură apartamentul și le plăcură enorm. Era suficient pentru ei doi și parcă amândoi se simțeau mai liniștiți și mai fericiți. Clara semnă imediat contractul de vânzare-cumpărare: un nou început pentru ea și băiețelul ei Andrei. Nu avea cuvinte să le mulțumească celor două prietene ce au ridicat-o de jos, atunci când nu credea că o să se întâmple asta. Avusese așteptări de la oameni apropiați, însă ei au fost cei care au abandonat-o și s-au retras ușor din viața ei. Iris și Maria apăruseră în viața ei la momentul potrivit. Nu trebuise să cerșească prietenia lor, nici ajutorul lor. Ele au stat alături de ea și au susținut-o fără a cere vreo răsplată. Acum ea realizase că există și prieteni adevărați și aceia niciodată nu vor cere să le întoci favorurile sau ajutorul. O faci singur, din recunoștiință și respect.

Hotărî să le păstreze mereu aproape și să le ajute și ea într-o zi, dacă ele vor avea nevoie.

După mutarea Clarei și a lui Andrei, Iris simți o singurătate profundă ce se instalase în sufletul ei. Lunile petrecute împreună cu cei doi, o făcu pe Iris să aibă sentimentul de apartenență si îi vedea ca pe o parte din familia ei. Tristețea apăru brusc și se resemnă greu cu faptul că ei nu o vor mai înveseli zi de zi prin casă și nici ea nu mai poate lua parte la micile bucurii ale lor. Deși îi era tare greu, se bucura sincer și enorm pentru ei că au reușit să depășească aceste momente grele. Doar oamenii puternici reușesc să meargă înainte, iar ei erau un exemplu pentru ea. Nimeni nu trebuie să sufere într-o familie și iubirea nu se manifestă niciodată violent.

Momente de fericire

Iris privea asfințitul soarelui și liniștea îi invadase sufletul încercat.

Era o seară frumoasă de vară, desprinsă parcă dintr-un basm. Tăcerea era acum benefică pentru Iris și o ajuta să se regăsească, să se vindece de durerile adânci ce le avea în suflet. Învățase să trăiască cu ele și acum era mândră că reușise să le depășească cu maturitate.

Preferase lupta ei interioară și mereu se detașa de orice gând de răzbunare. Timpul și Dumnezeu i-a arătat că totul e schimbător și nimic nu e permanent. Primise peste timp o confimare tacită precum că deciziile ei referitor la căsnicia ei au fost bune.

Mateo, fostul soț, rămăsese singur, cu vicii

nocive, abandonat de prieteni, o umbră ștearsă a celui pe care ea îl cunoscuse. Tot ce avea era un apartament într-o zonă retrasă a orașului. Aventuri efemere avea mereu, însă nimic stabil, din ceea ce auzise ea. Soneria telefonului o întrerupse din gândurile ei. Era Maria, prietena ei de suflet.

- Servus, draga mea. Cum ești?

- Servus, Mari. Sunt bine, prin casă. Priveam minunatul asfințit al soarelui, spuse Iris.

- Ce coincidență! Exact asta făceam și eu. De aia am rămas aproape una de alta, pentru că simțim la fel și gândim la fel.

- Mă gândeam dacă vrei să ieșim la o terasă nouă, foarte frumoasă, chiar lângă Podul Minciunilor. Sunt sigură că o să îți placă. În plus nu e foarte târziu, promit să nu te țin mult.

- Sigur, de ce nu? replică Iris. Chiar aveam nevoie să ies puțin, să mă bucur de tot ce mă înconjoară. Știi că ador ieșirile, în plus mereu când ne întâlnim mă simt tare bine. Ai darul de a mă face să văd totul pozitiv și asta mă motivează mereu.

- La fel și tu ai darul acesta, Iris.

- Mulțumesc mult Mari. Așa prieteni să tot am. Deci ne vedem la Podul Minciunilor. Cam în cât timp?

- Păi în jumătate de oră, e ok?

- E ok, te pup.

-Te pup și eu. Pa.

Terasa Paradis era o oază de frumusețe exact în centrul Sibiului, iar atracția pricipală era muzica cântată divin la pian de un tânăr pianist talentat. Interpreta piese celebre compuse de mari compozitori ai lumii, precum și creații proprii. Ajunsă prima, Iris rămase pe loc fascinată de atmosfera aceea. Mirosul crinilor albi așezați pe mese era intens și totul era aranjat cu un gust desăvârșit.

La puțin timp ajunse și Maria, apoi amândouă se așezară la o măsuță cochetă, micuță, de patru persoane, chiar alături de tânărul ce cânta la pian.

Comandară două cocktail-uri fără alcool și începură să povestească despre ce au mai făcut. Maria îi povesti despre neașteptata revedere cu Cosmin , prima ei iubire. Era nespus de fericită că s-au regăsit din nou și că formau din nou un cuplu. După ani de zile, sentimentele lor erau la fel de profunde ca în prima zi când s-au cunoscut. Împreună formau un cuplu tare frumos, se completau perfect unul cu celălalt, două libertăți adunate împreună. Iubirea aceea o făcea pe Maria să simtă fericirea supremă, să trăiască momente magice ce nu avea să le poată compara cu nimic.

- Iris, de cand eu și Cosmin ne-am regăsit, suntem de nedespărțit. Mi-a mărturisit că în toți acești ani a încercat să găsească o iubire ca a noastră, o jumătate a lui, așa cum am fost eu, însă nu a reușit să găsească nicăieri, de aceea nici nu s-a căsătorit până acum. Exact la fel am pățit și eu. Am fost iubită și am iubit, totuși nu pot compara vreo relație cu cea pe care am avut-o cu Cosmin. Știi și tu, prima iubire nu se uită niciodată.

- Așa e, Maria, spuse Iris. Mă bucur din suflet pentru tine, pentru voi. Cine se gândea că voi veți mai vorbi vreodată, că veți relua legătura? Asta îmi dovedește din nou că nimic nu e pemanent sau definitiv în viață, inclusiv despărțirea de un om drag. Doar moartea poate definitiva despărțirea în lumea asta ce o trăim acum.

- Dumnezeu ne-a dat atunci posibilitatea de a alege alt drum, ca să apreciem acum mai mult ce avem. Cred că fiecare alegere făcută de noi e menită să ne învețe lecții importante despre noi și despre alții, încheie Maria.

Discuția lor fu întreruptă de Alina, o veche cunoștiință de-a lor.

Era însoțită de un bărbat atrăgător, ce îi captă imediat atenția lui Iris.

Alina salută cu zâmbetul pe buze:

- Servus frumoaselor. Aveți liber la masa voastră?

- Da, bineînțeles. Am păstrat pentru voi locurile, glumi Maria, în timp ce se ridică să o îmbrățișeze pe Alina.

- Minunat, mulțumim frumos. Permiteți-mi să îl prezint pe Sorin, verișorul meu.

Maria întinse mâna spre el și făcu cunoștiință cu el, după care fu rândul lui Iris.

- Sorin mă numesc, încântat de cunoștiință.

- Iris, încântată, replica Iris, privindu-l în ochi și zâmbind.

Albastrul ochilor lui o fascină pe Iris și atingerea mâinii lui cu a ei o făcu să simtă un fior aparte. Oare îl cunoaștea de mai demult? Îi părea teribil de cunoscut și sentimentul de déjà vu pe care îl avea o făcea să vrea să îl cunoască mai bine.

Sorin avea gânduri similare și nu își putea lua privirea de la ea, era fermecat de ea. Ochii ei îl atrăseseră imediat și se simțea incapabil să reziste zâmbetului și privirii ei.

Alina îl readuse la realitate, întreruptându-le momentele acelea frumoase.

- Iris, nu te-ai schimbat deloc! Nici tu, Maria. Ați rămas la fel de frumoase.

- Mulțumim frumos, replică Iris, retrăgându-și mâna din mâna lui Sorin și așezându-se la masă. La fel și tu, Alina, adăugă Iris.

- Mulțumesc frumos. Aceasta terasa e foarte frumoasa. Bineînțeles că tânărul pianist e atracția principală, continuă Alina.

- Sunt de acord cu tine, e foarte frumoasă, completă Sorin, uitându-se în ochii lui Iris.

Iris roși, apoi imediat își mută privirea spre prietenele ei. Maria începu să vorbească cu Alina despre noutățile din viața lor, precum și de concediile programate pe aceea vară. Sorin profită de acel subiect ca să o abordeze din nou pe Iris.

- Ai vreo destinație anume vara aceasta, vreun concediu programat?

- Da, am planificat un concediu la Păltiniș. Deși e foarte aproape de Sibiu, ador acel loc și vara e incredibil de frumos. E locul meu preferat pentru relaxare.

- Ce coincidență! Exact acolo e și locul meu preferat de relaxare! Ce perioadă ai ales?

- O să merg între 10-20 Iulie, e perioada perfectă pentru a te retrage departe de canicula și aerul îmbâcsit din oraș.

- Nu pot să cred! Exact atunci merg și eu! În sfârșit am cunoscut pe cineva ce preferă muntele vara, în loc de mare, îndeosebi stațiunea Păltiniș.

Sorin zâmbi convingător, reușind să o facă pe Iris să creadă că avea și el rezervat un concediu exact în aceeași perioadă. Adevărul era că nu avea nimic planificat în acea vară, însă se pare că avea acum.

Inexplicabil, Iris îl intriga și aprinsese în el dorința de a o cunoaște mai bine.

Iris zâmbi și îi replică:

- Atunci cu siguranță ne vom vedea acolo. Nu este o stațiune așa mare și e aproape imposibil să nu te vezi, exceptând situația în care te-ai izola într-o cameră din vreo cabană, tot concediul.

Sorin îi captase atenția din prima clipă și îl plăcu de la prima vedere. Nu înțelegea atracția aceea intensă ce o simțea pentru el, un necunoscut. Hotărî să lase să decurgă totul de la sine și să nu caute motive să îl respingă. Avea dreptul la o nouă viață, la o nouă relație, un nou început. Fericirea și iubirea nu trebuia să lipsească din viața ei.

Avea dreptul să o ia de la capăt, creând momente frumoase cu oameni noi.

Diferențele dintre noi ne fac de multe ori să păstrăm o anumită distanță, gândi Iris. Să ridicăm ziduri de tăcere construite pe rețineri. Renunțăm la unii oameni doar pentru că sunt diferiți, iar pe ceilalți îi ținem aproape, doar pentru că ne asemănăm în anumite aspecte, chiar dacă nu ne leagă sentimente puternice. Ne complacem în situații nefericite doar pentru că ne e frică de necunoscut.

Iris reveni la discuțiile legate de concedii. Ascultă planurile fiecăruia și îi felicită pentru alegeri.

Sorin îi șopti la un moment dat :

- Iris, ce zici dacă mâine am ieși în oraș doar noi?

- Sorin, nici nu ne cunoaștem. Nu e prea devreme pentru asta?

- Eu zic că e prea târziu! Aș fi vrut să te cunosc mai devreme, să pot să fiu alături de tine mai mult. Dar mă mulțumesc și așa…

Iris îi răspunse:

- Dă-mi două motive pentru care eu aș accepta o întâlnire cu tine, un bărbat ce abia l-am cunoscut. Dacă ești convingător, accept.

- Hm, păi am zece motive, nu doar două. În primul rând, socializarea ar fi primul motiv. Fiecare din noi avem nevoie de asta și dacă prima impresia a ta despre mine e bună, atunci de ce nu am putea să mai socializăm, așa cum facem acum? În al doilea rând, cunoșterea altora, ca și metodă de învățare. Cu siguranță, eu am anumite cunoștiințe și experiențe de viață ce tu nu le ai.

La fel și tu, poți cunoaște și împărtăși cu alții, în cazul de față, cu mine, diferite cunoștiințe sau experiențe de viață.

Nu caut aventuri, nu pari genul acela și nici eu nu sunt genul de bărbat ce agață fiecare domnișoară ce îi apare în cale. Tot ce vreau e să te cunosc mai bine și m-aș bucura să te mai revăd, măcar odată.

Iris zâmbi și îi răspunse prompt:

- Sunt de acord cu o întâlnire, atâta timp cât îmi promiți ceva.

- Orice dorești!

- Trebuie să promiți că nu te vei atașa de mine. Crede-mă, sunt mult mai complicată decât par.

- E cam imposibil să promit asta. Cine nu s-ar atașa de așa un om frumos pe dinăuntru și pe dinafară? Pot să îți promit că nu te voi amăgi sau dezamăgi.

- Negociem acum? spuse Iris zâmbind.

- Mereu! replică Sorin, zâmbind și el.

Maria interveni în discuția lor, deși nu îi auzise.

-Din păcate e cam târziu și cred că o să mă retrag. Tu mai stai, Iris?

- Nu mai stau nici eu. Mi-a părut bine să te revăd din nou Alina, spuse Iris.

În timp ce Maria își lua la revedere de la Alina, Sorin îi înmână un bilețel lui Iris cu numărul lui de telefon. Iris îl luă apoi se despărți de ei, plecând cu Maria spre casă. Sorin o urmări cu privirea până nu o mai văzu deloc: era fascinantă și diferită.

Purta o rochiță albă, lungă, de in, iar părul lung îi acoperea umerii goi. Ochii ei albaștri parcă îl îndemnau la liniște și iubire. Simplitatea ei îl atrăgea enorm. Naturalețea din priviri, gesturi și vorbe o făcea unică în felul ei. După moartea primei lui iubiri, se retrăsese și se izolase complet de lume. Totul fusese prea brusc și nici o clipă nu ar fi crezut că va trece vreodată printr-o durere așa mare. Parcă auzea și acum telefonul sunând, prietenul lui cel mai bun anunțându-l de moartea Sarei, la puțin timp după ce se despărțise de ea, cu promisiunea că se vor vedea a doua zi.

A doua zi se dovedise a fi de fapt niciodată.

Strada trecută în grabă îi fu fatală Sarei, o mașină lovind-o cu viteză. Murise pe loc și lăsase în urma ei un munte de durere.

Perioada următoare fusese insuportabilă și Sorin nu știa cum să își revină din șocul acela imens. Cum să poată depăși moartea celei pe care o iubea la nebunie? Nu avea un răspuns, doar întrebări.

De ce ea, de ce atunci, de ce așa?

Stările de tristețe erau prezente aproape mereu. Ajunsese să se oprească pe stradă și să privească în gol, minute în șir. Timp de câteva luni mergea zilnic în parcul Sub Arini, pe unde obișnuiau să se plimbe amândoi și plângea fără să îi pese că trecătorii se uitau la el. Atunci când mergea la mormântul ei, durerea se intensifica enorm și îi făcea față cu greu. Târziu, mult prea târziu înțelesese că nu făcuse prea multe eforturi pentru Sara, cel puțin nu atatea câte făcuse ea pentru el. Timpul trecuse și Sorin își revenea încet, deși durerea din suflet încă era prezentă, învățase să trăiască cu acel sentiment și să meargă înainte, trăindu-și viaț a singur. După un timp, decise să trăiască fiecare clipă la intensitate maximă și să nu mai amâne niciodată nimic ce l-ar putea face fericit.

Cel mai mult vroia să dăruiască ceva, zi de zi, celor dragi lui, fie că era o îmbrățișare, o conversație, un ajutor moral sau finaciar la nevoie.

Acum, după mai bine de cinci ani de la moartea ei, ceva în sufletul lui se aprinse din nou. După atâta timp în care fusese singur și fără a fi capabil de a simți altceva decât durere, acum se bucura ca un copil de apariția în viața lui a acestei femei încântătoare, Iris.

Hotărî să își asculte sufletul atât de încercat. Simplitatea ei îl atrăgea cel mai mult. Era o femeie frumoasă și faptul că nu se machia excesiv și nu încerca să atragă prin fizicul ei îl făcea pe Sorin să o placă și mai mult.

A doua zi așteptă cu nerăbdare telefonul ei. Iris sună în jur de ora două după-amiaza, exact când el verifica telefonul pentru a nu știu câta oară.

- Alo, Sorin? Bună, sunt eu, Iris, ne-am cunoscut ieri...

- Bună Iris. Așteptam telefonul tău, mă gândeam că poate ai pierdut cumva numărul meu. Mă bucur că nu s-a întâmplat asta. Deci când ai putea să îmi acorzi o oră cu tine azi?

- La ora 17 e bine ?

- Perfect! Ai vreun loc preferat unde te-aş putea duce?

- Mi-a plăcut mult la terasa unde am fost ieri.

- Atunci acolo ne întâlnim. Ne vedem la 17:00.

- Iris...

- Sorin...

- Mulțumesc!

- Cu drag!

Sorin ajunse înainte cu zece minute la locul stabilit și se așeză la o măsuță mai retrasă. Imediat ce primi cafeaua comandată, o zări pe Iris venind spre el.

Cămașa albastră se asorta tare bine cu ochii ei albaștrii și Sorin nu își putea lua ochii de la ea, admirând-o fără rețineri. Purta blugi negri și pantofi albaștri cu toc. O prezență foarte frumoasă și feminină. Se ridică și așteptă să ajungă lângă el.

- Bună Sorin, zise ea zâmbind ușor.

Iris observă cu mirare că el avea, ca și ea, o cămașă albastră ce îi scotea ochii lui frumoși în evidență. Îl privi în ochi preț de câteva clipe până când el, vizibil intimidat, îi răspunse:

- Bună Iris, arăți minunat. Eu mi-am permis să îmi comand o cafea. Te rog, ia loc. Ce dorești să servești?

- Tot o cafea vreau și eu, mulțumesc.

Sorin comandă apoi începu să povestească cu ea ca și când se cunoșteau de o viață.

- Iris, te pot întreba ceva?

- Bineînțeles, atâta timp cât nu e ceva intim sau deplasat.

- Ești fericită?

- Da Sorin, sunt fericită.

Nu am o familie, un copil, o casă, însă sunt fericită. Fericirea mea nu depinde total de ceilalți. Bineînțeles că aș fi și mai fericită dacă aș avea tot, însă nimeni nu are tot. Depedența de alții și de bunuri materiale e atât de mare, încât pare imposibil să poți fi fericit de unul singur. Eu cred că doar atunci când reușești să simți fericirea de unul singur, vei putea fi fericit și alături de ceilalți. Gândește-te oare cum pot fi alții fericiți alături de tine, dacă tu ești nefericit? Lumea se gândește aproape mereu la fericire și o confundă cu alte sentimente. Atunci când îți eliberezi mintea de gânduri rele și îți înțelegi durerile, poți dărui și primi fericirea. Căutăm oameni care să ne garanteze fericirea și să ne-o dăruiască ca și când ar fi un lucru. Ne agățăm de oameni atunci când creăm câteva momente frumoase cu ei. Ce facem noi de fapt e să ne hrănim cu amintirile unor clipe și să trăim în trecut mai mult decât în prezent.

- Să știi că nu m-am prea gândit la asta. Înclin să cred că ai dreptate.

- Totuși, insistă Sorin, cred că e tare greu să ajungi să simți fericirea de unul singur. Uite de exemplu, eu mă simt fericit acum,iar asta ți se datorează în mare parte ție.

- Sorin, asta nu e fericire. E doar o stare de bine. Iar faptul că tu crezi că simți asta și datorită mie, e pentru că așa este. Am eu așa o energie aparte tare benefică, zise Iris surâzând fermecător.

- Dacă zici tu că e energie și nu fericire, trebuie să îți dau dreptate ca să mai pot profita de ea.
Dar durerea, Iris? Durerea cum o pot șterge? Cum îmi pot vindeca sufletul?

- Sorin, durerea nu se poate șterge. Ea trebuie lăsată în suflet.

- Poftim? Păi eu nu mai vreau să simt durere. Vreau să simt iubire, liniște și fericire.

- Vrei cam multe, deodată. Pot să îți spun ceva? Toate trei sentimentele sunt de fapt unul singur. Dacă stai un pic să te gândești, realizezi foarte simplu asta. Atunci când iubești, ești fericit și liniștit.

La fel şi invers, liniştea e de fapt iubirea bazată pe fericire. Cât despre durere, las-o acolo în suflet şi adaugă multă iubire şi linişte. Cu timpul durerea va fi mai suportabilă dacă o vei accepta şi înțelege, dacă o vei percepe ca pe o putere interioară.
În plus, caută să-i înțelegi pe cei care ți-au provocat-o.

- Să înțeleg? E cam greu să înțelegi de ce oamenii te fac să suferi, mai ales cei pe care îi iubeşti şi îți sunt dragi.

- Nu e greu, Sorin. E de fapt foarte simplu. Tu ai nevoie de anumite suferințe sau dureri, cum vrei tu să le numeşti, pentru a putea creşte. Gândeşte-te ce te-a maturizat mai mult? Au fost realizările tale sau suferințele?

- Păi ...suferințele au fost cele care m-au marcat cel mai mult, iar dacă stau să mă gândesc bine, tot ele sau mai bine zis prin ele m-am maturizat şi am devenit omul de azi. Nu am crezut că voi avea azi aşa o discuție cu tine. M-ai surprins enorm, zise Sorin.

- Te cred. Sigur te aşteptai să bem o cafea, să ne plimbăm un pic apoi să mergem să îmi arăți ceva la tine acasă, replică Iris. Nu regret că te-am dezamăgit...

Sorin roși instantaneu. Nu îi venea să creadă cum Iris expuse modul de gândire general al bărbaților. Deși nu vroia să admită, îi trecuse și lui fugitiv prin cap asta, înainte de a se întâlni cu ea.

- Mă sperii un pic. Cumva citești gânduri? Ca să știu să mi le controlez în prezența ta.

- Deloc. Doar observ anumite priviri și simțiri, apoi deduc anumite dorințe.

- Hm, interesant. Va trebui să mă înveți și pe mine.

- Poate într-o zi, dar nu acum. Cu siguranță ai căuta să profiți de ceea ce simți și vezi la alții ca să întorci anumite situații în favoarea ta.

- Tu nu faci asta? replică Sorin.

- Eu doar ascult sufletul meu și mă ghidez mereu după ceea ce-mi spune. Câteodată situațiile devin așa cum le doresc eu, pentru că eu le văd reale înainte ca ele să fie. Este vorba și de puterea vizualizării, însă e mult de discutat despre asta, poate se vor mai ivi ocazii și vom dezbate și tema asta.

Orele trecură repede și Sorin se despărți de Iris cu greu. O pupă ușor pe obraz, simțindu-i pielea fină, curată, fără tone de machiaj și farduri.

Acesta era unul din lucrurile ce îi plăceau teribil la ea. Plecă spre casă bucuros, cu un zâmbet larg pe față și sufletul cuprins de o liniște mare. Iris simțea aceeași liniște plăcută, la fel ca Sorin. Rămase mult timp cu zâmbetul pe buze. Un amalgam de sentimente punea încet stăpânire pe sufletul ei.

De un lucru era sigur, îi plăcea de Sorin enorm și își dorea să îl cunoască mai bine. Îi aduse zâmbetul pe buze și își dorea asta și pe viitor. Ajunsă acasă, simți nevoia de a îi spune Mariei despre întâlnirea ei frumoasă cu Sorin, mai ales că ea fusese prezentă cu o seară înainte, atunci când făcuseră cunoștiință. Iris o sună, sperând că avea timp să vorbească cu ea.

Imediat ce îi răspunse, nu mai așteptă și începu să îi spună de întâlnirea cu Sorin.

- Maria, m-am întâlnit cu Sorin azi, știi, cel cu care a venit Alina ieri la terasă.

- Pe bune?

- Da, Maria. Știu, e cam rapid și nu ar fi trebuit să accept așa repede să ne vedem, însă ceva din mintea mea mi-a spus că el este diferit și chiar îmi place de el.

- Iris, tu decizi mereu. Te cunosc și ai luat mereu decizii corecte. Da, nu e indicat să accepți orice întâlnire, însă am încredere în tine că alegi mereu bine.

- Nu trebuie să te gândești mereu la ceea ce zic

sau cred alții, tu m-ai învățat asta.

- Așa e, draga mea.

- Ai o viață pe care o trăiești așa cum simți tu. Fiecare decizie luată de tine în prezent îți va influența viitorul. Deci, cum a fost?

- A fost minunat. Nu mă așteptam. Bineînțeles că a rămas surprins de atitudinea și gândirea mea, în afară de faptul că îi fugea ochii mereu asupra corpului meu.Tendința generală a bărbaților de a fi atrași instinctiv de corpul unei femei, apoi de mintea ei. Trebuie să recunosc că am fost și eu atrasă la început de corpul lui.

Mi-a plăcut cel mai mult la el felul respectuos în care se purta. Un bărbat cu maniere și bun simț găsești mai rar în ziua de azi. Nu mai vorbesc de faptul că pe lângă aspectul lui fizic plăcut, pare și inteligent.

- Mă bucur mult pentru tine, draga mea. Meriți tot și un pic mai mult. Sper că această zi să fie un nou început pentru tine.

- La fel sper și eu, Mari. Oricât de puțin sau mult ar dura, mă voi bucura din nou de aceste minunate senzații ce apar într-o relație aflată la început. Îți mulțumesc pentru gândurile bune. Ești minunată și îți mulțumesc pentru că existi. Știi că te admir enorm pentru felul cum ai reușit să mergi înainte și pentru că îți dedici mare parte din timpul tău ajutând atâția copii și tineri cu dizabilități prin cadrul asociației tale și nu numai prin asta, ci pe multe alte căi. Ești pentru mine un model de bunătate, compasiune, credință și iubire.

- Mulțumesc, Iris. Știi cât de greu mi-a fost să reușesc, dar bucuria și mulțumirea ce o primesc nu se egalează cu nimic. Am avut parte de oameni care m-au ajutat enorm, însă am avut parte și de oameni care s-au îndoit de mine și de ce sunt eu capabilă. Mi-a fost alături Dumnezeu clipă de clipă, iar tot ce am făcut a fost cu el în inimă și în gând. Mi-am dorit să mă ridic doar atât de mult încât să îi pot ajuta pe cei din jurul meu. Fiecare din cei ce au făcut parte din viața mea m-au învățat ceva. Unii m-au învățat să iubesc mai mult, să dăruiesc mai mult, să îmi păstrez principiile. Alții m-au rănit și m-au dezamăgit, dar nu mi-au schimbat sufletul. Am rămas la fel, indiferent de greutățile prin care am trecut. În timp am învățat să aștept mai mult de la mine și mai puțin de la ceilalți. Am realizat că în viață nu ai nevoie de o mie de prieteni, e suficient să ai doi sau trei prieteni care să fie alături de tine atunci când nu mai poți continua. Să te sprijine, să te ridice și să îți dea suficientă încredere pentru a înainta. Fiecare din noi are puterea de a se motiva și câteodată un prieten bun e tot ce avem nevoie. Mai stătură un pic de vorbă apoi închiseră telefonul, bucuroase că se aveau una pe alta.

Binecuvântările apar în viața celor ce cred în ele.

Durerea puterii

Clara aștepta să primească un răspuns la cererea ei legată de o mărire de salariu.

După trei ani în cadrul firmei, avusese multe realizări și ea considera că ajunsese un om important care trebuia recompensat mai bine datorită profesionalismului ei.

Tony, șeful ei, o chemă în biroul lui în aceea zi.

- Ia loc, Clara. Am câteva întrebări pentru tine. Dorești ceva, o cafea poate?

- Nu, mulțumesc. Vă ascult.

- De curând am avut mai multe plângeri la adresa ta. Am investigat și se pare că în ultima vreme ai cam luat multe decizii greșite, iar asta ne-a costat mult.

Clara se uita mirată la șeful ei, neînțelegând nimic.

- Poți să îmi spui de ce ai luat deciziile acelea proaste? De ce ai trimis comenzi ce nu au fost verificate, dar aveau ștampila de control?

- Tot ce am decis să trimit, a fost verificat înainte, spuse Clara. Am avut o ședință în care am expus proiectele mele, precum și produsele acceptate de mine, curios că nimeni nu a zis nimic atunci.

- Clara, nu căuta acum scuze patetice. Am decis să te înlocuiesc cu altcineva, nu îmi permit să pierd mai mult decât am pierdut deja. Compania mea e în joc. Uite, aici ai salariul pe luna aceasta, spuse Tony, înmânându-i un plic. Ai un preaviz de douăzeci de zile în care să îți găsești altceva. Orice ai nevoie, contactează departamentul de resurse umane, ei te vor ajuta. Succes în continuare!

Imediat se și ridică și îi întinse mâna.

Clara se ridică și ea, fără să înțeleagă ce se întâmplase de fusese concediată. Vroia să spună ceva însă renunță, deoarece se vedea clar pe fața lui Tony că luase deja decizia, înainte ca ea să intre în birou.

- La revedere!

- La revedere!

Clara închise ușa biroului directorului general, după care se îndreptă spre biroul ei.

Ajunsă acolo, închise ușa și se puse pe scaun, apoi izbucni în lacrimi.

De abia trecuse un an de la divorț și încă nu avea o stabilitate financiară prea mare. Cumpărarea micuțului apartament în care stătea cu Andrei o adusese la zero cu economiile și acum se chinuia să-și achite toate datoriile lunare și să strângă din nou bănuți pentru zile grele. Se pare că acum veniseră acele zile.

Plânse un timp, după care începu să se gândească ce să facă în continuare. Nu putea schimba nimic acum și trebuia urgent să își găsească o altă sursă de venit. Se uită la poza lui Andrei aflată pe biroul ei.

Zâmbetul lui era puterea ei și motivația ei de a nu cădea în depresie, tristețe sau disperare. Îi era teamă de viitor și nu știa deloc încotro să o ia, însă îl avea pe Andrei.

Era suficient pentru a se simți binecuvântată.

Alături de ea era și Emil, cel care i-a fost alături în ultima vreme, zi de zi. De un calm și o bunătate rar de găsit, el reușise să o ajute să se ridice moral după divorțul de soțul ei.

Avea încredere că și de data asta, Emil va fi alături de ea și de Andrei.

Iris, prietena și colega ei, o ajutase enorm și permanent era un sprijin pentru ea.
Venea des pe la ea și de multe ori ieșeau în oraș împreună, petrecând ore minunate și liniștite.

Da, va fi bine, gândi Clara.

Timpul până la finalul programului de lucru trecea în aceea zi teribil de greu. Nu mai avea nici o plăcere de a mai sta acolo. Se tot gândea cine s-ar fi putut plânge de ea și de activitatea ei atât de mult, încât Tony să decidă să renunțe la ea.

Își aduse aminte de o discuție recentă cu un coleg de al ei, Pavel, avută înainte cu două săptămâni.

Se întâlniseră la tonomatul de cafea aflat pe hol.

- Bună dimineața, Clara.

- Bună dimineața, Pavel.

- Cum ești azi? Mai bine? Am auzit recent de divorțul tău. Îmi pare rău, nu am știut.

- Păi nu mai e așa recent, a trecut un an de atunci. Stai liniștit, e ok. Nu e ca și când a murit cineva. Doar am ales să ne despărțim.

- Totuși, ați avut o căsnicie lungă nu?

- Da, a fost suficient de lungă. Tu ce mai faci? schimbă Clara subiectul. Tot singur? Câți ani ai acum? Bănuiesc că în jur de treizeci de ani, nu?

- Da, ai dreptate, am treizeci de ani. Nu mai sunt singur. Am de vreo șase luni o relație.

- Super, mă bucur pentru tine. Unde lucrează?

- Momentan la o companie privată din Cluj, dar sper să o pot aduce aici la noi de luna viitoare.

- E vreun post ce este vacant?

- Acum nu, dar va fi pe viitor. Am auzit niște zvonuri precum Tony ar vrea să aducă în companie oameni mai tineri și mai calificați și să facă niște concedieri. Sunt mulți oameni ce nu se ridică la standardele cerute și nu aduc profit aproape deloc.

- Da, presupun că așa e. Eu mă concentrez mai mult pe ceea ce fac eu, nu pe ceea ce fac cei din jur. Bănuiesc că sunt și angajați care nu se țin de treabă, ca peste tot. Trebuie să plec. Mult succes prietenei tale.

- Mulțumesc!

- O zi faină.

- La fel și ție. Pa.

Zilele trecură și Clara uitase de acea discuție până în momentul de față.

Un gând ciudat îi trecu prin minte. Oare să fi fost Pavel unul din cei care se plânsese de ea ? Oare prietena lui avea să ocupe postul ei?

Pavel era, până la urmă, într-o poziție mai sus decât ea. Poate că da, poate că nu. Era oricum neimportant asta în acel moment..

Singura realitate era că fusese concediată și acum trebuia să își găsească un nou loc de muncă sau să se lupte pentru acel loc ce îl ocupa în prezent.

Emil intră în biroul ei după ce bătu ușor la ușă.

- E gata de plecare frumoasa mea? Ajunge pe ziua de azi, mai e și mâine o zi.

Se uită la ea și îi văzu ochii roșii. Imediat merse aproape de ea și se așeză în fața ei.

- Clara, draga mea, ce s-a întâmplat? Ai plâns cumva? Ești bine? Andrei e bine?

- Emil, am fost concediată. Am preaviz de douăzeci de zile pentru a îmi găsi un alt loc de muncă.

- Poftim? Cred că glumești, nu-i așa?

- Aș fi vrut eu să fie o glumă. Din păcate nu e. Uite aici plicul cu salariul pe luna asta. După trei ani de zile, am fost dată afară din cauza unor presupuse plângeri și a neproductivității mele, acestea au fost motivele invocate.

- Nu înțeleg. Ești dedicată slujbei tale și multe din ideile tale au fost aplicate. Nu se poate să te dea afară! Mă duc să vorbesc cu Tony! exclamă Emil.

- Nu te duci nicăieri! O să îmi găsesc cu siguranță altceva.

- Clara, nu poți renunța așa ușor. Gândește-te la Andrei, ai nevoie de jobul acesta.

- Emil, am nevoie de un job, nu neapărat de acesta. Nu vreau să intrăm în discuții din cauza asta.

Haide mai bine să mergem acasă, nu mai vreau să stau acum aici.

- Dar, draga mea, vreau să te ajut.

- Dragul meu, dacă vrei să mă ajuți, atunci sprijină-mă fără să îmi pui la îndoială deciziile. Nu fac nimic fără să gândesc și nici nu voi sta așa, fără un servici, sunt conștientă că trebuie să am un venit.

Am douăzeci de zile la dispoziție pentru a găsi ceva. Mergem?

- Of, mergem. Știi că te iubesc și sunt alături de tine, de voi. O să te ajut să găsești ceva și să fie totul bine.

O pupă ușor pe frunte apoi o luă de mână ieșind cu ea din birou. Plecară împreună spre casa Clarei, mână în mână.

După ce stătu un pic cu ea, Emil se îndreptă spre casă îngândurat. O iubea mult pe Clara şi vroia să o ajute cumva însă nu ştia cum.

Hotărî să caute soluţii şi să apeleze la un prieten mai apropiat ce îşi deschisese de curând propria afacere şi avea nevoie de un contabil.

Imediat ce plecă Emil, Andrei apăru cu bunica lui.

Clara apela de multe ori la ea, datorită programului prelungit de lucru.

- Mami, mami, am o surpriză pentru tine, strigă Andrei sărindu-i în braţe.

- De abia aştept să o aud. Bunica o ştie deja?

- Păi da, pentru că i-am spus atunci când am ieşit. Te superi?

- Nu pot să mă supăr pe voi. Te ascult, dragul meu.

- Ştii că am avut zilele trecute un test la engleză?

- Da, ţin minte.

- Azi ne-a dat rezultatele. Cât crezi că am luat?

- Nu ştiu. Spune-mi tu, Andrei.

- Am luat "Foarte bine!"

- Bravooo!

Clara îl luă în braţe şi se roti cu el prin cameră.

Andrei era fericirea ei și se bucura pentru fiecare reușită de-a lui.

- Bunica, rămâi cu noi la masă? întrebă Andrei.

- Nu pot acum, dar promit să stau data viitoare. Trebuie să ajung curând acasă, să pregătesc și eu masa.

După plecarea bunicii, Clara pregăti ceva de mâncare pentru ea, Andrei și Iris.

Stabilise cu Iris să se vadă în ziua aceea și nu voia să schimbe programul. Iris ajunse în jur de ora 19.00, aducând cu ea dulciuri pentru Andrei.

- Salut, dragii mei. Ce face băiețelul meu preferat?

- Iris, sunt fericit. Am primit -Foarte bine- la engleză.

- Bravo! Am știut eu de ce ți-am luat ceva dulce, ca un mic premiu.

- Iris, nu trebuia, zise Clara.

- Știu, dar nu m-am putut abține.

Se puseră toți la masă, bucuroși de mica reușită a lui Andrei.

La desert aveau checul adus de Iris plus înghețată de ciocolată, preferata lui Andrei.

- Yummy, ce bun a fost. Mami, mai vreau să faci așa papa și mâine.

- Mă bucur că ți-a plăcut, dragul meu. Ok, fac și mâine, dacă îți place așa mult.

- Acum du-te relaxează-te un pic. Venim și noi mai incolo, bine?

- Da, mami, bine. Te iubesc!

- Te iubesc și eu!

Andrei le pupă pe amândouă, apoi fugi în camera lui.

Clara îi spuse lui Iris ce se întâmplase la lucru mai devreme.

- Nu pot să cred! Mereu ai fost la lucru, ți-ai dat interesul și ai dat dovada de profesionalism și seriozitate. Eu chiar nu înțeleg falsele motive inventate de Tony! Îmi pare rău de ce s-a întâmplat, însă sunt convinsă că vei găsi ceva mai bun. Chiar nu mă așteptam la așa ceva din partea lui. Nu știu care a fost motivul adevărat însă clar nu a fost acela invocat de el. Sunt alături de tine și mă gândesc serios să fac și eu o mutare. După tot ce mi-ai spus, nu mai vreau să lucrez pentru oameni ca el.

- O să căutăm împreună ceva nou, diferit.

- Îți mulțumesc! Iris, e atât de greu să mă lupt cu propiile mele îndoieli și exact când am nevoie de pace, vin alții să își dea cu părerea despre munca mea, cuvintele, acțiunile și viața mea.

Câteodată oamenii trebuie să înțeleagă că toată lumea duce o luptă între minte și suflet și e mai înțelept să îi lăsăm singuri dacă nu putem să îi ajutăm. Mă gândesc aici la așa-ziși prieteni care intervin imediat cum îți merge prost fără a face altceva decât rău prin criticile și judecata lor. Am avut parte de vreo două telefoane de consolare de la lucru, de la două domnișoare preocupate deodată de mine.

- Înțeleg cum te simți și ai dreptate. Știi ce cred eu că e cel mai bine? Doar concentrează-te pe scopul tău acum și pe liniștea ta interioară și ignoră tot ce îți ia energia și pacea. Acum ai nevoie de liniște, de multă răbdare și putere pentru a merge înainte. Știu că vei reuși să depășești și acest moment greu din viața ta. Ești un om puternic și te admir enorm. Cred că noi toți ne putem ajuta mai mult dacă am renunța un pic la orgoliu, dacă ne-am concentra atenția pe a simți în loc de a avea. Gândește-te un pic cum evoluează această dorință de a avea. Începi prin a-ți dori un lucru și dacă ești suficient de ambițios și perseverent, reușești. Apoi când vezi că ai reușit să ai un lucru, fie că e un job sau bunuri materiale, începi să îți dorești altceva.

Tot timpul consumat și toată energia pentru a avea acel lucru e uitat și ne trezim din nou nemulțumiți. Avem noi o parte ce ne trage mereu în jos, care ne spune că ar fi mult mai bine dacă am avea ceva ce nu avem în prezent. Eu cred că cea mai mare iluzie e asta, să îți imaginezi că un lucru sau o carieră îți poate dărui ceea ce nu găsești în sufletul tău.

Noi ar trebui să ne focusăm atenția mai mult asupra dezvoltării noastre personale, să ne ocupăm mai mult de suflet decât de trup. Sufletul neîngrijit îmbolnăvește trupul sănătos. Imaginea noastră acum e formată mai mult de ceilalți decât de noi.

- Nu înțeleg, cum adică?

- Păi, gândește-te, dacă mai mulți oameni îți spun că nu îți stă bine cu o anumită haină, ajungi la un moment dat să nu o mai porți.

Sau dacă, la fel, mai mulți oameni îți spun că nu mai e la modă și e plictisitor să ieși la film, în final ajungi să nu mai ieși. Dacă nu ai o personalitate puternică și îți dorești cu disperare compania celorlalți, cu orice preț, inclusiv cu prețul pierderii identității tale, atunci cedezi. Acestea sunt doar două exemple banale.

Legat tot de imaginea creată de noi bazată pe

părerile celor din jur, este imaginea publică pe care majoritatea o apără cu atâta putere încât ajung să se certe sau chiar să se despartă de oameni. Unii nu se conformează standardelor societății din ziua de azi. Prin urmare, ei sunt dați la o parte, marginalizați și abandonați.

- Câtă dreptate ai, Iris. Cred că nu voiam să văd acest adevăr sau nu puteam până acum.

- Clara, nu prea ai cum să vezi așa ușor realitatea de azi, îți trebuie timp, răbdare și în special detașare.

Ai nevoie de o viziune obiectivă asupra lumii pentru a vedea cum e ea acum. Ce trebuie să realizăm noi acum e că fiecare din noi are la îndemână cea mai mare putere.

Majoritatea din noi avem alegerea! Avem mereu posibilitatea de a alege cum reacționăm în contact cu ceilalți, de a învăța de la fiecare om ceva ce ne poate ajuta pe noi înșine și pe cei din jur. Sunt oameni care efectiv nu pot alege singuri, sunt prizonieri ai societății, oameni izolați de ceilalți datorită anumitor aspect legate de ei sau oameni bolnavi, dependenți de ceilalți și aflați în imposibilitatea de a alege.

Mai nou oamenii au descoperit ignoranța. Atunci când un om a căzut jos, majoritatea îl ignoră, îl marginalizează și îl judecă.

Nu caută nici măcar o secundă să îl cunoască și să îi înțeleagă căderea, durerea prin care trece. Da, sunt și oameni slabi care nu le pot face față celor puternici din prisma puterii financiare. Dar acei oameni sunt de fapt cei puternici!

- Da, însă câți oameni înțeleg asta, Iris?

- Prea puțini cred, draga mea. Mă gândesc oare de ce nu începem să clasificăm oamenii după felul în care se poartă cu cei din jur și mai ales cu cei aflați mai jos ca ei. Stă în puterea noastră să ne ajutăm și să ne ridicăm unul pe altul. Așa încât eu te voi ajuta și sprijini. Asta înseamnă prietenia adevărată.

- Iris, ești o binecuvântare în viața noastră. Îți mulțumesc pentru tot. Sper ca Dumnezeu să îți fie alături mereu. Te iubim mult, suflet bun.

- Și eu vă iubesc enorm, sunteți ca și familia mea. O să fie bine, ai să vezi. Tot ce trebuie să facem e să căutăm un job mai bun și sunt convinsă că vom găsi. Să găsim oameni de valoare și nu oameni cu valoare. E o diferență mare între ei. Alături de acei oameni de valoare trebuie noi să stăm. Să le apreciem gândirea, caracterul și atitudinea lor. Să învățăm de la ei cum să ne distanțăm de oameni care ne pot doborî. Ani de zile am crescut cu concepția că un om valoros și de admirat e cel care are tot din punct de vedere material, sau care are studii superioare și o carieră de succes, fără să încerc să aflu cum a ajuns să aibă acel tot.

- Păi și eu gândeam la fel.

- De curând am realizat că nu e deloc așa. Oamenii valoroși sunt cei care mereu sunt alături de ceilalți, indiferent cât de greu le este lor. Ei pun preț pe ceilalți și nu uită să le reamintească cât de deosebiți sunt, caută să îi cunoască mai mult, dar nu pentru a îi judeca, ci pentru a învăța de la ei. A cunoaște mai mulți oameni nu înseamnă a intra în relații iluzorii și care nu ne sunt de folos, doar pentru a avea mulți prieteni. Eu prefer să aleg oamenii ce mă inspiră și mă motivează. Aleg să păstrez distanța de cei care nu îmi inspiră admirație și respect. De aceea am puțini prieteni, dar care sunt un exemplu de urmat, nu doar de mine, dar și de ceilalți din jur. Oameni ca tine, draga mea, ce au ales să lupte și să meargă înainte, indiferent câte greutăți întâmpină.

- Iris, mulțumesc! Totul este posibil, însă nu totul e necesar, de aceea e important să învățăm să renunțăm la orice lucru ce nu se mai dovedește a fi necesar. Nu mă voi agăța niciodată de un servici, de lucruri materiale sau de oameni. Niciodată! Tot ce e sortit să avem, vom avea.

Dumnezeu are grijă de asta.

Mai stătură puțin de vorbă, apoi Iris plecă spre casa ei, acolo unde singurătatea o aștepta seară de seară. Îl avea pe Sorin, iubitul ei, însă deocamdată relația lor nu se consolidase într-atît încât să se mute împreună. Poate într-o zi...

Zilele următoare, Iris se întâlni întâmplător cu Alina.

- Bună, Alina. Nu te-am mai văzut de mult.

- Bună, Iris. Da, de când ne-am întâlnit la terasă, spuse Alina.

- Așa e. Ce mai faci? Toate bune?

- Da, mi-am deschis o nouă afacere și acum caut personal.

- Super, felicitări! Ce fel de afacere e?

- Afaceri imobiliare. E cea mai profitabilă afacere și nu ieși în pierdere, dacă ai alături oameni pricepuți și dedicați.

- Foarte fain. De ce personal ai nevoie?

- Păi cel mai important, am nevoie de încă o contabilă. Am doar una, însă nu e suficient.

- Am o prietenă, Clara, care ar fi perfectă pentru asta, am lucrat împreună la aceeași companie. O recomand cu mare încredere, o caracterizează profesionalismul, seriozitatea, perseverența și punctualitatea.

- Pare a fi o persoană potrivită. De ce nu îi spui să treacă zilele astea pe la biroul meu pentru a vorbi cu mine? Crezi că ar fi interesată?

- Da, sunt convinsă. Lasă-mi o carte de vizită și te va suna ea mâine, pentru a stabili detaliile.

- E perfect așa.

- Mulțumesc Alina.

- Cu drag, vedem cum facem să fie ok pentru amândouă. Eu am nevoie de o contabilă, prietena ta are nevoie de un servici. În altă ordine de idei, spune-mi, ce mai faci tu? Am auzit bine că ești cu Sorin acum? E adevărat?

- Da, Alina, așa e.

- Ce drăguț! Mă bucur din suflet pentru voi. Chiar vă potriviți. Sorin e un bărbat tare bun ce a avut parte de mult prea multă durere, merită să fie fericit, la fel și tu. Trebuie să ne vedem in curând toți, poate ieșim iar la terasa aceea faină. Ținem legătura, da?

- Desigur, draga mea. Mulțumesc pentru gândurile bune și pentru tot.

Se despărțiră la puțin timp după, iar Iris o sună imediat pe Clara să-i dea vestea cea bună.

- Salut draga mea, zise Iris entuziasmată.

- Salut, Iris. Cineva e tare fericit azi. Care să fie motivul oare?

- Clara, azi m-am întâlnit cu o cunoștiință mai veche, Alina. Și-a deschis o afacere și a zis că are nevoie de o contabilă, iar eu te-am recomandat pe tine și a fost de acord.

- Iris, ești minunată! Cum se face că iar mă ajuți tu? Era rândul meu să te ajut.

- Nu trebuie să mă ajuți și tu. Fac asta pentru că vreau să te ajut. Cu siguranță, într-o zi vei avea ocazia să ajuți și tu pe cineva.

Iris îi explică în mare despre ce era vorba și îi dădu numărul de telefon al Alinei, precum și adresa. Clara îi mulțumi din suflet pentru că încă o dată o ajutase să se pună pe picioare.

Simțea că deja avea acel job, pentru că știa că era capabilă de orice, atâta timp cât oameni cu suflet îi ieșeau în cale.

Ziua următoare stabili o întâlnire cu Alina și după un scurt interviu, postul de contabilă îi fu oferit. Acceptă imediat cu mult entuziasm și rămase să înceapă chiar de a doua zi.

Dumnezeu o ridicase încă o dată. Nu știa ce îi rezerva viitorul, însă era optimistă. Avea să o ia din nou de la capăt, mai puternică, mai matură și mult mai încrezătoare. Andrei era mereu motivația ei cea mai mare de a nu cădea în depresie și de a merge înainte.

Tatăl lui nu venea în vizite dese, prefera să trimită bani și să sune o data la două săptămâni.

Din cauza traumei prin care trecuse, Andrei avea o atitudine un pic ostilă față de tatăl său, așa încât Clara era singura persoană în care avea încredere totală și pe care se baza mereu. O iubea enorm și nu uita să îi spună asta zi de zi.

Se apropia iarna și amândoi așteptau cu nerăbdare să vină acel anotimp minunat.

Acum o să fie bine, gândi Clara. Îi avea pe Andrei și pe Emil alături și două prietene minunate ce însemnau enorm pentru ea. Mama ei o sprijinea și ea mereu. Ce își putea dori mai mult?

Dincolo de momentele dificile, era ea, un om simplu și bun, ce își dorea doar să trăiască o viață liniștită alături de cei dragi.

Seara, Clara îi dădu lui Andrei vestea mare.

- Andrei, am ceva să îți spun.

- Ce e, mami? Spune-mi, spune-mi, zise Andrei entuziasmat.

- Știi că nu am mai lucrat o perioadă scurtă și că îmi căutam o nouă slujbă?

- Da, mami, de când mi-ai zis, mă rog seară de seară să ne ajute Doamne-Doamne să găsești o slujbă.

- Se pare că te-a ascultat!

Andrei sări în brațele ei.

- URAAAA! Știam eu că mă ascultă. Mereu mă ascultă. Doar trebuie să îi cerem și atunci când ne dăruiește ce i-am cerut, nu trebuie să uităm să îi mulțumim.

- Ai dreptate. Hai să îi mulțumim împreună.

Amândoi se așezară în genunchi și împreunară mâinile în semn de rugăciune. După ce mulțumiră lui Dumnezeu pentru tot, se puseră la somn, Andrei în patul lui, iar Clara în patul ei.

Nu trecu două minute și Andrei șopti încet:

- Mami, pot să dorm lângă tine în seara asta?

- Desigur, dragul meu.

Imediat Andrei fugi lângă ea.

Clara simți mânuța lui Andrei, jucându-se prin părul ei.

- Somn ușor, dragul meu.

- Somn ușor, mami.

- Te iubesc!

- Eu te iubesc mai mult!

Puterea durerii

Era seara magică de Crăciun, iar Maria sărbătorea împreună cu familia ei. Cântau colinde de Crăciun, povesteau și se bucurau de acele momente minunate. Sărbătoarea Nașterii lui Iisus, aducea an de an în casa lor momente magice, o bucurie sinceră și multă iubire.

Maria primise un telefon de la Mircea, fostul ei elev.

- Bună seara, doamna profesoară. Sunt Mircea Bor, un fost elev de-al dumneavoastră, nu știu dacă vă aduceți aminte de mine.

- Bună Mircea, bineînțeles că îmi aduc aminte de tine. Cum ești? Nu te-am auzit de mult și nici nu te-am mai văzut. Ești bine? Ai tăi sunt bine?

- Da, suntem bine, mulțumesc de grijă. Dumnezeu m-a binecuvântat cu o familie minunată. Acum, eu și soția mea așteptăm o fetiță.

- O, cât mă bucur pentru tine, exclamă Maria.

- Vă mulțumesc mult.

Nici una din binecuvântările ce le am azi, nu ar fi fost posibile fără ajutorul dumneavoastră.

- Mulțumesc mult, Mircea. Tot ce am făcut a fost din inimă pentru că am simțit sufletul tău frumos și bun. Ceea ce ne definește pe noi ca oameni nu e ceea ce construim sau avem, ci ceea ce dăruim celorlați. Tu acum mi-ai dăruit cea mai mare bucurie posibilă în această seară cu adevărat magică de Crăciun. Vorbele tale sunt un cadou neprețuit ce îl voi păstra o viață. Îți doresc să ai parte de multe momente frumoase în viață. Meriți tot și încă puțin. Să ai grijă de tine și mai ales de cei dragi ție.

- Promit. La fel și dumneavoastră. Vă doresc să aveți parte de sărbători minunate și binecuvântate.

După ce mai schimbară câteva vorbe, Maria închise telefonul urându-i lui Mircea tot ce e mai bun.

El îi ură la fel și îi mulțumi din nou pentru tot ajutorul acordat în momentele foarte grele.

Amintirile cu și despre el, îi aduse Mariei lacrimi în ochi.

Îl cunoscuse pe Mircea la Centrul Școlar de Educație Incluzivă Sibiu, acolo unde ea preda.

O impresionase prin povestea lui de viață, dragostea și devotamentul său pentru tatăl și frații lui, precum și pasiunea de a învăța cât mai multe, a fi prezent și activ mereu la școală.

Rămas cu tatăl lui și ceilalți frați, Mircea alesese să se dedice familiei total.

Durerea ce o simțise atunci când a fost părăsit de mama lui, a fost imensă. I se confesase Mariei chiar la puțin timp după plecarea ei, iar ea îi promise să îi fie alături, nu doar ca profesor dar și ca om.

Tatăl avea toată responsabilitatea creșterii și educării lor, iar Mircea îl ajuta și el mult, fiind cel mai mare dintre cei patru frați.

Acel copil de doisprezece ani devenise un înger păzitor pentru frații săi și căuta mereu să se implice mereu în toate treburile casei, tatăl său muncind de dimineața până seara pentru a le asigura masa și cele necesare. Maria își aduse aminte de zilele când îi pregătea pachete pntru el și familia lui. Prima oară când îl rugase cu o masă caldă, el o refuzase politicos. Îi spusese că nu poate să mănânce știind că frații lui stăteau nemâncați. Atunci Maria îl liniștise și îl asigurase că le pregătește și lor aceeași mâncare și alte bunătăți. Lacrimile lui de mulțumire o făcuse și pe ea să plângă de emoție.

Părea un scenariu dintr-un film dramatic, însă totul se petrecea real, iar familia lui Mircea nu era singura ce întâmpina greutăți financiare atât de mari. Maria știa că nu poate să le ofere mereu ceva și asta o durea. Era nedrept cum acei copii, ca mulți alții, trebuiau să sufere din cauza destrămării familiei lor. Acea seară îi rămăsese în suflet, pentru totdeauna.

Lunile ce veniseră îi aduse lui Mircea câteva bucurii. Deoarece era foarte talentat la muzică, începuse să cânte, iar pasiunea și talentul lui îi aduseră multe premii la diverse concursuri de muzică. Participase împreună cu școala la multe piese de teatru, precum și evenimente organizate în oraș de Maria și cei din cadrul școlii.

Totul însă durase puțin. Datorită condițiilor precare în care trăiau, Mircea și unul din frați fuseseră duși la un moment dat într-un centru de plasament. Ani de coșmar și suferințe mult prea mari apăruseră în viața acelor copii.

Totuși, Mircea reușise să aibă grijă de fratele lui mai mic și totodată să termine școala cu bine. Ținea mereu legătura cu familia lui și cu Maria. Timpul trecuse și el se angajase la o fabrică, unde o cunoscuse și pe soția lui cu care se căsătorise la puțin timp, după doar un an. Reușise să depășească toate suferințele și să își creeze o viață bună, liniștită și fericită. Maria își aduse aminte de ziua când Mircea o vizitase la școală, făcându-i o surpriză minunată.

Cuvintele lui de atunci îi rămaseră în minte peste ani :

"Doamna profesoară, vreau să vă mărturisesc că pentru mine ați fost ca o mamă și că datorită dumneavoastră, am reușit să fiu un om adevărat și nu-mi ajunge viața asta pentru a vă mulțumi."

Atunci ea îl îmbrățișase și plânseră amândoi de emoție și bucurie.

Pentru ea, cea mai mare bucurie și satisfacție era să știe că acei copii erau bine.

Mircea și ceilalți elevi ai Mariei, erau lumina vieții ei, își dorea să îi vadă realizați, cu studiile terminate, fericiți și realizați atât din punct de vedere profesional, moral, familial cât și sufletește.

Pentru aceste motive își alesese acea meserie, ce era pentru ea rațiunea ei de a trăi, iar atunci când le dăruia iubirea, atenția și timpul ei, se simțea împlinită. Dacă un om era mai fericit și mai împlinit datorită ei, atunci viața ei nu fusese irosită.

Mama Mariei îi întrerupse gândurile.

- Maria, hai și tu dincolo.

- Acum vin, mama.

Cu siguranță, Crăciunul acela era plin de magie și iubire.

Maria zâmbi și se uită în sus, mulțumindu-i în gând lui Dumnezeu pentru toate binecuvântările din viața ei.

Apoi îi îmbrățișă strâns pe cei din jur, spunându-le cât de mult îi iubește pe toți. Nu era singură acum și asta o bucura mult.

Mai mult însă se bucura pentru Mircea că reușise să cunoască fericirea și liniștea. Oare nu asta era cel mai important în viață?

Să ai pe cineva alături, să ai o familie a ta care să îți spună că te iubește și să îți fie alături zi de zi. Adevărata bogăție a noastră nu e casa, bunurile sau diplomele obținute. Noi ne putem considera bogați și împliniți, atunci când avem un suflet alături. Dar un suflet pe care să ne putem baza, nu unul care să fie absent în prezența noastră.

Singurătatea e cea mai mare durere din câte putem experimenta într-o viață. Putem avea tot, dacă nu avem un om aproape, tot ce avem nu are valoare, gândi Maria. Ce bine ar fi dacă fiecare din noi am decide să avem un suflet de care să ne apropiem și pe care să îl ținem aproape, să înțelegem cât de mult face o îmbrățișare, un cuvânt, o încurajare, prezența noastră.

Toate acestea sunt gratuite și valorează totuși mai mult decât toate averile din lume.

În altă parte a orașului, Clara petrecea cu Andrei și Emil seara sfântă de Crăciun. Se uitau toți trei la un film despre nașterea lui Iisus, Andrei cuibărindu-se intre ea și Emil. Clara nu avea cuvinte pentru a descrie fericirea din sufletul ei. Era alături de copilul ei iubit și de Emil, bărbatul ce avusese o răbdare extraordinară cu ea, înțelegându-i teama, stările schimbătoare și neliniștile. Asta era cel mai important într-o relație, să ai un om alături care te sprijină, te încurajează și te ridică, un om care e dispus să stea lângă tine clipă de clipă, care e dispus să te considere o prioritate, pentru care nimic altceva nu e mai presus decât dorința de a te face fericit.

- Mami, te iubesc mult, zise Andrei strângând-o în brațe tare.

- Andrei,te iubesc și eu enorm.

- Iar eu vă iubesc pe amândoi, interveni și Emil. Fericirea mea sunteți voi și nu aș vrea să mai stau o clipă fără voi.

Andrei zâmbi și sări la el în brațe.

- Atunci nu mai pleca!

Emil îl strânse în brațe și zâmbi, uitându-se la Clara. Ea aprobă din cap și spuse:

- Are dreptate Andrei. Stai cu noi, dacă asta îți dorești.

Magia acelei seri plutea și în casa lor, aducându-le momente de fericire în suflete.

Sorin îi făcuse o surpriză iubitei lui, Iris și rezervase 10 zile la Păltiniș, la aceeași cabana unde stătuse ea mai demult, atunci când el decisese să o cucerească și să meargă și el într-un concediu. Cu câteva zile înainte de Crăciun, o invită la masă la un restaurant frumos și acolo îi dădu vestea.

- Iubita mea, am un cadou pentru tine. Imediat îi arătă rezervarea făcută pentru perioada de sărbători.

- Sorin, te iubesc. E o surpriză minunată, cum de te-ai gândit?

- Iris, te iubesc mult și m-am gândit că ar fi frumos să petrecem sărbătorile în acel loc minunat.

Imediat după ce aflase vestea, Iris începu să facă planuri și să discute detaliile legate de concediu.

- Ei bine, acum ți-am dat de lucru, zise Sorin râzând și pupând-o pe frunte.

- Da, ce ai zis tu, se cam plictisește, ia să îi dau eu de lucru ceva.

Sorin zâmbi și aprobă tacit.

Plecară pe 23 Decembrie, urmând să stea la Păltiniș până pe 2 Ianuarie. Ajunseră pe seară la micuța și frumoasa cabană rezervată de Sorin și gazda venise să le dea cheile și să le ureze bun venit. Le arată cum funcționează tot ce era necesar, apoi plecase, lăsându-le un număr de telefon în caz că aveau nevoie de ceva. După ce își aduseră bagajele și se încălziră, Iris și Sorin se așezară pe patul imens din camera lor.

- Iris?

- Da, dragul meu.

- Ți-am spus azi cât de mult te iubesc? Dacă da, îți spun din nou. Te iubesc și nu mi-ar ajunge o viață să îți spun și să îți arăt. Mai presus de iubirea ce ți-o port e doar liniștea. O liniște venită din fericirea ce o simt atunci când sunt cu tine. Sper și vreau să am prezența și iubirea ta mereu, atât cât voi trăi.

Vrei să rămâi liniștea mea o veșnicie?

- Sorin…

- Da…

- Nu există ceva mai mult ce îmi doresc decât să stau lângă tine. Tu ești tot ce nu am sperat vreodată.

Un om minunat și incredibil de bun pe care nu aș vrea să îl pierd. Oare aș putea să te pierd?

- Nu, iubita mea.

Tu ești sufletul meu pereche, liniștea mea și promit să îți fiu alături mereu. Fericirea mea e atingerea ta, e obrazul tău lipit de al meu, mâna ta ținând-o pe a mea și glasul inimii tale vorbind cu a mea. Iris se simțea binecuvântată și se gândea că până la urmă reușise să-și refacă viața din nou. Ultimele temeri legate de relația lor și de sentimentele lui față de ea se risipiseră în seara aceea.

Era conștientă că nu era o relație perfectă, însă tocmai acele imperfecțiuni și acele diferențe dintre ei îi făceau să se iubească și mai mult. Amândoi avuseră deja relații eșuate înainte și poate de aceea acum se înțelegeau și se completau așa bine. El, îi înțelegea încăpățânarea și firea ei schimbătoare. Ea, îi înțelegea gelozia și posesivitatea lui moderată. Amândoi aveau limite impuse chiar de ei și își controlau defectele cât puteau. Erau conștienți că nimic nu e garantat și că puteau pierde tot ce aveau într-o clipă. Teama de a nu se pierde unul de altul îi făcea să fie mai apropiați și să renunțe la orgolii.

Ziua se sfârși curând și cei doi adormiră în final, unul în brațele celuilalt.

În dimineața următoare, Iris se trezi mai târziu și se uită în dreapta ei, căutându-l cu privirea pe Sorin. Nu era langă ea, însă găsi un crin alb pe pat. Iris zâmbi, luă crinul și îl mirosi, lăsându-se învăluită de parfumul inegalabil.
Se ridică apoi ușor din pat, uitându-se în jur mai bine. Pe masa din mijlocul camerei, într-o vază, se afla un buchet superb de crini albi.

Sorin știa cât de mult îi plăceau crinii albi și de aceea nu uita să îi ofere din când în când un buchet. Totuși, oare de unde făcuse rost de crini albi în acea dimineața de 24 Decembrie? Se aflau totuși într-o stațiune de munte, la distanță mare de orice florărie.

Hotărî să nu se mai gândească la felul cum făcuse rost Sorin de flori și să se bucure de ele. La puțin timp, el intră cu o tavă pe care se aflau două căni de cafea și câțiva biscuiți.

- Bună dimineața, iubita mea.

- Bună dimineața, dragul meu.

- Cum ai dormit?

- Minunat. Pot să știu motivul pentru care mă răsfeți așa? Nu e vorba că nu îmi place, doar că sunt curioasă.

- Motivul ești tu. Vreau să te răsfăț cât mai des și mai mult, în special acum că ai acceptat să ne căsătorim. M-ai făcut tare fericit!

Sorin se apropie de ea, apoi o cuprinse în brațe, sărutând-o cu pasiune.

- Te iubesc!

- Te iubesc și eu.

Dimineața aceea a fost magică și de neuitat. Atracția dintre ei era imensă și nu puteau sta unul departe de altul, prea mult timp.

- Iris, ești minunată, iar tot ce mă faci să simt e incredibil și unic. Nu am mai întâlnit o femeie ca tine până acum, iar toate clipele cu tine mă fac fericit.

- Nici eu nu am mai întâlnit un bărbat ca tine.

Iris îi zâmbi și îi răspunse că și ea e fericită cu el, poate prea fericită.

- Hey, ce vrei să spui?

- Păi mă gândesc că într-o zi am putea pierde tot ce avem acum.

- Iris, nu spune asta. Nu se va întâmpla asta!

- Ok, nu mai spun asta.

Sorin o îmbrățișă cu drag și o ținu strâns pentru câteva clipe.

- Te iubesc prea mult pentru a te pierde, iar ceea ce iubesc cel mai mult e felul cum mă simt în preajma ta. Mă faci să vreau să fiu un om bun, să dăruiesc și să fiu mai fericit.

Fiecare zi cu tine e o zi ce nu am pierdut-o în zadar. Mulțumesc!

- Și eu îți mulțumesc. Acum ar fi cazul să facem și altceva, nu doar să stăm în cameră.

- Dar de ce, Iris? Mie îmi convine, spuse Sorin zâmbind.

- Eu te cred, însă cred că ar fi frumos să ne bucurăm și de aerul curat și locul acesta minunat. Dacă am renunțat să facem un Crăciun tradițional, nu înseamnă că stăm o săptămână doar aici. Deci ieșim, da?

- Da, ieșim. Cum pot refuza eu iubirea mea?

Puseră masa și mâncară, apoi ieșiră afară.

Zăpada acoperea brazii și totul în jur, dând locului un farmec aparte, creând o imagine parcă preluată din povești. Sorin și Iris petrecură ziua aceea și următoarele zile, incredibil de frumos.

Amândoi se bucurau la maxim de acele momente unice. De Anul Nou aleseseră să meargă la o petrecere organizată de un restaurant din stațiune.

Alina și prietenul ei deciseră să îi însoțească, ei venind acolo doar pentru două zile, pentru a petrece Anul Nou. Timpul zbură repede, fără ca ei să realizeze prea mult, datorită și faptului că se simțeau tare bine în compania celorlați.

Iris îi împărtăși Alinei părerea ei despre ceea ce i se părea ei important și esențial în viață. Îi plăcea să împărtășească din ideile ei și din ce observase pe parcusul vieții.

De asemenea, era curioasă să afle părerile și ideile celorlalți și să învețe de la fiecare om câte ceva.

- Alina, eu cred că unul din cele mai importante lucruri din viața noastră e comunicarea și legăturile noastre cu oamenii. E foarte important să înțelegem cât de mult ne pot influența cei din jur și cum putem noi să cădem în depresii și vicii din cauză că alegem să stăm alături de oameni ce ne desconsideră.

- Ai dreptate Iris, nu m-am gândit la asta. Eu am lăsat oamenii să intre în viața mea și mai ales să mă înfluențeze enorm. Am fost mereu subiectivă și mereu mi-am concentrat atenția asupra a ceea ce opinau ei, nicidecum pe opinia mea proprie.

- Alina, gândește-te un pic. Câți din prietenii tăi te-au motivat, te-au ridicat și te-au apreciat? Știu că noi până acum am catalogat oamenii doar după prezența lor și ajutorul oferit.

Totuși, îmi permit să îți spun o părere diferită, o atitudine aparte de ce am avut noi până acum.

- Te ascult, sunt chiar curioasă să aflu ceva diferit de ce știam până acum.

- Bun, păi hai să ne gândim puțin la o întâmplare dureroasă prin care ai trecut. Cine ți-a fost alături? Au fost oare prietenele tale, cele ce sunt prezente mereu la diferite evenimente organizate?

- Păi, sincer, nu. Anul trecut am avut o problemă gravă de sănătate.

- Nu am știut. Ce ai avut?

- Am avut un atac cerebral minor.

- Wow, nu pot să cred.

- Da, Iris, din acest motiv am și pierdut legătura cu tine în acea perioadă.

- Nu înțeleg de ce ți s-a întâmplat asta? Ești tânără, cât ai acum? Parcă treizeci și șapte de ani, nu?

- Fac treizeci și opt de ani în luna Mai. Da, sunt tânără, a fost un caz neașteptat și pentru doctori. Sincer, nici eu nu înțeleg ce s-a întâmplat. Eram în Germania, lucram atunci acolo cu contract. Am avut dureri constante de ceafă și migrene puternice pentru vreo două săptămâni.

La medicul de familie mi s-a spus că nu am nimic grav, am primit o recomandare pentru a lua calmante și m-au trimis acasă. După două săptămâni, mă aflam pe stradă, când deodată am căzut jos și mi-am pierdut cunoștiința. M-am trezit la spital, cu doi doctori lângă mine. Unul dintre el era Kirk, iubitul meu de acum, spuse Alina, zâmbind către Iris. După ce s-a asigurat că sunt bine și conștientă, m-a întrebat dacă mai țin minte ceva și m-a pus la curent cu situația mea. Atunci am aflat că am avut un atac cerebral minor și că am avut un noroc fantastic să fiu tranportată într-un timp foarte scurt la cel mai bun spital din Berlin. Kirk era un neurolog cunoscut și faptul că a acționat prompt mi-a salvat viața. E un om minunat și îi mulțumesc lui Dumnezeu că mi l-a scos în cale. Săptămânile petrecute în spital m-au schimbat mult. Știi câte colege au venit să mă vadă? Nici una. Știi câte prietene au venit? Una singură. Lunile de recuperare au trecut greu și dacă nu era familia și Kirk, nu făceam față. Casi a fost cea care mi-a fost alături, deși vorbisem prea puțin cu ea și era una din prietenele noi ce mi le făcusem acolo. Ea a fost cea care m-a căutat, s-a interesat de mine și m-a ajutat în acea perioadă.

De atunci am rămas prietene bune și am descoperit în ea un suflet cald și bun, căruia îi păsa de cei din jurul ei și care avea dorința și răbdarea de a asculta și ajuta, deși chiar ea însăși avea propriile ei dureri și greutăți. Am mai avut oameni buni alături care m-au ajutat să îmi revin, însă am avut parte și de decepții venite din așteptările mele vizavi de anumite persoane. Așteptările dor, mai ales atunci când sunt legate de oameni pe care te bazezi. Dar de atunci am învățat să fiu mai atentă la oamenii din jurul meu.

- Alina, draga mea, asta am învățat și eu în timp, spuse Iris. Durerile apar pentru a ne întări, pentru a ne transforma în oameni mai puternici, mai motivați, mai încrezători în forțele proprii.

Întâlnesc zi de zi oameni simpli și frumoși. Le văd scânteia din ochi și le simt durerea ascunsă adânc în suflet.

Puterea lor de a depăși orice mă fascinează și mă motivează să fiu la fel. Am înțeles că totul pornește din modul de gândire al fiecăruia. Felul cum ne percepem noi înșine influențează decisiv felul cum ne percep ceilalți. Noi suntem ceea ce creăm și ceea ce lăsăm în sufletele celorlalți.

- Da, Iris, așa e. Am observat că oamenii cei mai de preț sunt cei care te sprijină în momentele cele mai dificile din viața ta. Acei oameni am să îi țin mereu aproape de sufletul meu și voi căuta să le arăt mereu cât îi apreciez.

Sorin le întrerupse conversația, invitând-o pe Iris la vals.

- Iubita mea logodnică, îmi acorzi acest dans?

- Wow, felicitări! Nu am știut că ați luat decizia asta, spuse Alina. Mă bucur din suflet pentru voi.

- Mulțumim Cupidon, răspunse Iris zâmbind. Dacă nu erai tu să îmi faci cunoștiință cu el, nu anunțam acum logodna noastră.

- Cu mare drag, frumoșilor. Acum vă las să dansați și să vă bucurați unul de altul.

Cei patru continuară să petreacă clipe frumoase împreună, făcând din acele zile amintiri de neuitat. Amintiri cu și despre ei, pe care le adăugau la albumul vieții lor. Știau că erau norocoși că se găsiseră și nu voiau să piardă nici o clipă ezitând să facă ceea ce simțeau.

După accidentul cerebral, Alina își propuse să fie mai fericită, nicidecum depresivă și tristă.

Iris gândea la fel, Anul Nou aducându-i o continuare a unui început, relația cu Sorin devenind acum mult mai stabilă. După zilele petrecute la Păltiniș și după cererea în căsătorie, Iris acceptă să se mute împreună cu Sorin, reușind să-și învingă din teama că poate relația nu va merge.

Binecuvântări

Era 10 Februarie 2016, o zi importantă ce avea să rămână memorabilă pentru Iris și Sorin.

Sorin plecase pentru a cumpăra florile preferate de Iris, spunându-i că merge să cumpere ceva de mâncare. Rămasă acasă, Iris începu să gătească ceva pentru prânz. Era o zi frumoasă de iarnă, iar zăpada ce se așternuse peste tot dădea un farmec aparte.

Imediat ce începu să facă mâncarea, Iris simți o stare de greață. Se gândi că mirosul de la carnea de vită era prea puternic și deschise geamul. După câteva clipe, avu din nou aceeași senzație și fu nevoită să meargă la baie.

După ce ieși, stătu câteva clipe și se gândi care să fi fost motivul pentru care îi era așa rău. Să fi fost oare vreun virus sau vreo gripă?

Telefonul mobil sună, făcând-o să tresară. Era mama ei, cea care zi de zi o sprijinea și susținea, care o iubea necondiționat și îi era alături mereu.

- Bună, Iris, draga mea, ce faci?

- Bună, mami. Nu pot spune că sunt bine, de dimineață m-am trezit cu niște simptome ciudate.

- Ce simptome?

- Păi, am stări de greață. Am pus să fierb carne de vită și mirosul nu îmi face bine.

- Am înțeles. Asta e prima dată? Ai mai avut așa stări zilele astea?

- Dacă stau să mă gândesc, da. Nu am dat importanță atunci, pentru că au fost stări trecătoare.

- Cred că știu ce e, am ceva care ți-ar face bine.

- E gripă așa-i?

- Nu. E ceva ce va dura câteva luni...

Iris râse apoi spuse mamei sale:

- Nu sunt gravidă. Știi că nu pot avea copii decât cu tratament. Asta voiai să spui, nu-i așa?

- Da, draga mea. Ai avut ceva întârzieri luna asta?

- Câteva zile, dar mi s-a întâmplat și înainte asta.

- Bine Iris, totuși insist că poți lua în calcul și varianta asta, poate mergi să iei un test de sarcină.

În plus, dacă îți e așa rău, există pastile ce poți lua pentru a diminua stările de greață, pot să îți iau și din acelea. Oricum am vrut să trec să îți aduc ceva.

- Da, te rog, ia-mi. Acum m-ai pus pe gânduri. Ești sigură că poți lua? Aș putea merge eu mai târziu, dar apoi nu mai vii tu pe la noi.

- Da, Iris, rămâne așa. Ajung cam într-o jumătate de oră.

- Te aștept atunci. Te pup.

- Și eu te pup, Iris. Deocamdată eu zic să cauți să nu mai stai în bucătărie și să lași geamul deschis.

Iris închise telefonul și se așeză pe fotoliu în camera ei. Începu să se gândească dacă ar fi posibil să fie gravidă.

Un bebeluș în burtica ei? Zâmbea necontenit și punea mâna instinctiv pe burtică.

Își dorea enorm de mult un copilaș, însă anii trecuseră fără ca ea să aibă parte de acest miracol al vieții. Zilele petrecute împreună cu Sorin erau minunate, îndeosebi de când se mutaseră împreună. Liniștea și fericirea se cuibăriseră în sufletul ei curat. Se simțea binecuvântată alături de Sorin. Cea mai mare dorință a ei era să aibă un copil, o ființă ce se crează în burtică, un miracol venit de la Dumnezeu.

Oare era adevărat? Oare era posibil să fi rămas gravidă, chiar dacă i se spusese clar de anumiți medici că trebuia să urmeze un tratament prelungit și costisitor pentru a avea copii?

Oare care ar fi reacția lui Sorin la această veste, în cazul în care ar fi fost reală? Vorbiseră despre copii și Iris știa că și Sorin își dorea enorm. Se lumina la față de fiecare dată când vedea un bebeluș, așa încât Iris bănuia că și pentru Sorin ar fi fost o bucurie nemărginită.

Gânduri nenumărate îi treceau prin cap, amalgam de sentimente contrare, emoții și teamă deopotrivă, frica de necunoscut, de nou. Ce norocoasă era să aibă așa oameni minunați lângă ea.

Mama ei era, după părerea ei, cel mai puternic și valoros om din lume. Era o femeie ce luptase mult în viață și care nu se plângea niciodată când îi era greu. Mereu depășea orice greutate, indiferent cât de mare era.

Dincolo de aparențe, se percepea la ea o forță interioară imensă, precum și o iubire față de oameni, unică. Avea calitatea de a menține conversații inteligente cu oameni din toate categoriile sociale și mereu se adapta la situațiile ce apăreau, găsind mereu cele mai bune soluții. Iris o admira și o iubea enorm, mama ei fiindu-i sprijin mereu și în realizările ei, dar mai ales în momentele de mare durere. Un om între oameni ce aducea lumină și iubire acolo unde se afla.

Sorin și mama ei erau cele mai mari binecuvântări din viața ei, iar acum era posibil ca să aibă parte de o nouă binecuvântare, cea mai mare dintre toate câte își putea ea închipui.

Se auzi o bătaie în ușă și Iris merse să deschidă.

Era Sorin, cu un buchet minunat de crini.

- Wow, pentru mine dragul meu? De unde ai găsit crini în perioada asta a anului?

- Dacă ai știi cât am căutat după ei...

- Mulțumesc mult, zise Iris pupându-l ușor.

- Cu drag, iubita mea.

Sorin simți mirosul de ciorbă imediat.

- Hmm, miroase tare bine.

- Mda, mie nu-mi pare, spuse Iris, strâmbând puțin din nas.

- Atunci, norocul meu. Am să pap eu tot, se răsfăță el, îmbrățișând-o.

După câteva minute, se auziră din nou bătăi în ușă. Iris merse să deschidă, sperând că era mama ei.

- Mami, ce mă bucur că ai venit. Hai, intră, te rog.

- Bună , draga mea! Bună, Sorin.

- O, bună ziua. Ce surpriză plăcută!

Sorin se apropie de mama soacră și o îmbrățișă cu drag. O respecta mult și o aprecia ca femeie și mamă.

După ce se așezară la masă, Sorin o servi cu o cafea, în timp ce Iris se învârtea dintr-o parte în altă, încercând să îi dea de înțeles mamei sale că Sorin nu știa nimic de stările ei. Ca de obicei, mama sa reuși să găsească o soluție pentru a îi da testul de sarcină lui Iris.

- Sorin, uite ți-am adus cartea ce mi-ai dat-o să o citesc săptămâna trecută. Mulțumesc, a fost foarte interesantă, am citit-o repede, m-au atras mult personajele, în special Maria.

- Mă bucur că v-a plăcut. Mai am o carte scrisă de același autor, doriți să v-o împrumut și pe aceea?

- Desigur, știi că îmi place mult să citesc și stilul lui Paulo Coelho îmi place mult, are o unicitate aparte.

Sorin plecă să caute cartea promisă, timp în care Iris luă de la mama ei testul de sarcină.

- Draga mea, eu zic că acesta e momentul vostru, de aceea e mai bine să vă las să profitați la maxim de el.

- Dar mami...

- Iris, ascultă-mă.

- Ai dreptate, ești minunată. Ești sigură că nu vrei să afli acum răspunsul?

- Eu îl bănuiesc deja, în plus sunt convinsă că mă vei suna curând.

Sorin se întoarse cu noua carte și o înmână soacrei lui.

- Mulțumesc mult, Sorin.

- Cu mult drag.

- Acum trebuie să plec, din păcate, m-a sunat o prietenă cu care stabilisem să mă văd și uitasem complet. De vină e bătrânețea asta, bat-o vina, glumi ea.

- Eh, nu sunteți bătrână deloc, pe la nouăzeci de ani poate, însă până atunci nu. Așa de puțin ați stat, sperăm să vă vedem iar pe la noi și să stați mai mult.

- Așa e mami, Sorin are dreptate, interveni și Iris. Se ridică și o conduse pe mama ei la ușă, mulțumindu-i printr-o îmbrățișare pentru tot.

- Pa, Sorin, să ai grijă de Iris și de tine.

- Promit! La revedere. Vă așteptăm din nou pe la noi, curând.

Imediat ce mama ei plecă, Iris nu mai avu răbdare și își făcu testul de sarcină. Se uită uimită cum pe micuțul bețigaș apărură două liniuțe rosii, una lângă alta.

Tremura de emoție și se hotărî să facă încă un test. Aceleași liniuțe roșii apărură din nou. În acel moment simți o fericire imensă ce îi pătrunse în suflet, fericirea aflării că ea va fi mamă!

Cu zâmbetul larg și cu o emoție de nedescris, Iris se duse la Sorin și îl pupă. Ținea la spate testele de sarcină într-un șervețel și tremura ușor vizibil.

- Iris, draga mea, ești bine? De ce tremuri așa?

- Sunt bine, dragul meu. Ia loc, te rog. Vreau să îți spun ceva.

- Mă sperii.

- Nu e de speriat nimic, crede-mă.

- Bine, atunci stau jos. Te ascult, dar te rog eu, nu mai tremura.

- O să încerc să nu mai tremur. Prima oară vreau să îți spun că te iubesc enorm și că indiferent ce decizie ai lua după ce îți voi spune ceea ce am să îți spun, eu voi fi de acord.

- Te iubesc și eu enorm. Iris, trebuie să iau o decizie acum? Ai spus că ai ceva ce vrei să știu, acum iau și decizii? Ai un farmec aparte de a mă ține în suspans.

- Bine, bine, nu te mai țin. Sorin...

- Iris...

- O să avem un bebeluș!

Iris îi arătă testele de sarcină ce indicau asta. Sorin crezu că nu aude bine.

- Iubita mea, e adevărat? Nu pot să cred! Ești sigură?

Deja zâmbea la fel ca Iris, un zâmbet de fericire nemăsurată.

- Da!

Sorin o luă în brațe și o învârti prin cameră, cuprins de o bucurie imensă.

- O să avem un bebeluș! Te iubesc mult, mult. M-ai făcut cel mai fericit om din Univers.

- Mă bucur mult, acum suntem doi, căci și eu mă simt la fel. Te iubesc și eu mult, mult. Nu mi-a venit să cred când am văzut rezultatul și nu mă gândeam că o să fim atât de binecuvântați.

Cuvintele erau de prisos, de aceea stătură unul în brațele celuilalt minute în șir, lăsând fericirea să îi cuprindă total.

O nouă viață avea să înceapă pentru ei și avea să fie o viață în trei, o familie completă, fericirea absolută ce o puteau avea amândoi.

După ce își reveniră din emoțiile create de aflarea acelei vești, amândoi începură entuziasmați să aleagă nume pentru bebe.

Sorin începu primul:

- Ce părere ai de Adrian, în caz că va fi băiețel?

- E un nume frumos, îmi place, spuse Iris.

- Dar de Mădălin ce zici?

- E frumos și numele acesta. Dar te întreb eu, de unde știi tu că e băiețel?

- Păi așa simt eu, draga mea, zise Sorin zâmbind.

- Eu simt că e fetiță. Hai să facem în felul următor: Dacă e băiat, tu pui numele, iar dacă e fetiță, pun eu numele.

- Sunt de acord, mie îmi convine. Tu te-ai gândit la un nume de fetiță?

- Da, îl am demult în minte. Vom avea o fetiță, așa simt eu, iar aceea fetiță se va numi Mina.

- Ce nume frumos, îmi place mult. Așa rămâne, Iris, draga mea, am stabilit.

- Doamne, nu pot să cred că vom avea un bebeluș! Ei bine, Dumnezeu a decis să ne dăruiască acest miracol și tot ce trebuie să facem e să îi mulțumim, încheie Iris.

La puțin timp după ce mâncară, se puseră la somn, liniștiți și foarte fericiți.

Săptămânile următoare au trecut cu repeziciune, amândoi aflându-se deja la momentul ecografului ce dezvăluia sexul bebelușului lor.

Până în momentul acela, sarcina decurse normal, Iris având doar mici episoade de greață și insomnii.

La cabinetul unde se aflau cei doi, lucra doctorița cu care Iris urma să nască și la care mergea pentru controale periodice.

Iris fu poftită înăuntru împreună cu Sorin.

- Bună ziua, Iris, spuse doctorița ei.

- Bună ziua, doamna doctor.

- Deci, azi vom afla ce este, băiat sau fetiță!

Iris, te poți întinde și relaxa, pentru a se relaxa și bebe, doar așa putem afla. Ce vă doriți?

- Eu vreau un băiețel, dar dacă e fetiță, nu mă supăr, începu Sorin.

- Iar tu Iris, bănuiesc că vrei o fetiță, nu?

- Eu știu că e fetiță, simt asta.

Doctorița se uită la ecograf și apoi la amândoi.

- Se pare că ea a avut dreptate. Este o fetiță!

Fericirea se citea în ochii lor. Sorin zâmbi, ținând-o strâns de mână pe Iris. Viața lor se schimbase nespus de frumos, iar viitorul lor părea să fie un vis ce avea să devină realitate.

Postfață

Când am aflat că suferința cititoarei mele, Claudia Bocșaru, s-a cristalizat prin romanul "Puterea durerii", am considerat că a închis cercul căutărilor identitare, peste care pavează un nou drum vocațional.

O călătorie începe cu un pas și negreșit parcursul ei livresc va fi un carusel de trăiri, cu multe de învățat, decantat și așternut pe foaie.

Prefața cărții e semnată de scriitorul Alberto Bacoi, așa că mă încumet la a-i scrie o postfață, deși forțez termenul folosit de Voltaire, care a scris-o pe prima.

Personajele principale ale romanului parcurg, în drum spre împlinirea personală, un traseu sinusoidal, de la starea de carență afectivă la cea de gratitudine, care îți permite să fii, să dăruiești și să primești iubire.

Situațiile ca divorțul, abandonul, mutatul etc. pot amplifica lacunele afective ale adulților, pot conduce la introvertire sau la înstrăinare și pot degenera în tulburări acute. Nu e însă cazul lui Iris, care se bucură de sprijinul celei mai bune prietene, Maria, în revenirea din trauma pierderii lui Mateo și hățișurile pecuniare ale divorțului.

Emil, Clara și Andrei sunt personaje periferice, înfățișate schematic, pentru a popula atmosfera romanului și a-și acoperi reciproc nevoile afective, în vreme ce Aura și Cosmin sunt menționați vag de scriitoare. Mi-ar fi plăcut ca portretele personajelor să fie conturate mai clar, pentru a eluda orice suspiciune de frivolitate și a mă ajuta să mă identific cu ele.

Cartea Puterea durerii mi-a atins nu o notă, ci o suită de note sensibile, pentru că am experimentat o depresie acută în perioada 2017 – 2018 și în evadarea din hăul mental fără margini am conturat, prin scris, un sanatoriu al sufletelor sfărâmate.

Mi-a fost ghid Andrew Solomon, cu "Demonul amiezii", pe care o recomand oricărui cititor sau scriitor pasionat de fragilitatea mentală.

După autor, la fel ca în Puterea durerii, nici o pierdere și nici o depresie nu seamănă cu alta. Sunt unice, asemeni fulgilor de nea, descriși cu meticulozitate de Masaru Emoto, în cartea-fenomen "Mesaje de la apă".

Depresia e, în unele cazuri, prelungirea durerii. În altele, e urmată însă de renașterea din cenușă, a păsării mitice Phoenix, descrisă de Herodot sau de Ovidiu. Există forță neasemuită în vulnerabilitate și viață după moartea unei mari iubiri. Sunt ambele descrise lucid, în "Puterea durerii", după trecerea unui interval sacru de timp, al doliului afectiv.

Durerea psihică sau afectivă o produce pe cea fizică și astfel ia naștere un cerc vicios, în care durerea e și panaceu și molimă, în funcție de ceea ce produce în noi, fie starea de letargie, fie un mare avânt creator, care ne permite să renaștem, în cea mai frumoasă formă, asemeni lui Iris, Clarei sau lui Emil.

Mi-ar fi plăcut ca autoarea să exploreze legătura profundă dintre dragostea pasională și identitate, căci maturizarea afectivă se produce adesea atunci când versiunea pasională a ei e reconsiderată, prin filtrul distanțării.

Detalii despre ea găsiți în “Suferința din dragoste – Povestea maturizării adolescenților”, de Bruno Humbeeck.

Hiperalrgezici suntem cu toții, într-o mai mică sau mai mare măsură, așa că vă recomand să vă canalizați fiecare ”Puterea durerii“, prin lectura romanului omonim și prima aventură livrească a Claudiei Bocșaru.

Diana Farca

Povestea Puterii durerii continuă...

Puterea Durerii

-Volumul 2-

Viața este o călătorie plină de peripeții, cu schimbări câteodată neprevăzute, dar necesare.

Stabilitatea ce se instalase în familia lui Sorin și Iris se pare că se va schimba. Oportunitățile ce apar îi fac să își schimbe viața la 180 de grade, iar ei acceptă asta, căci e ceva ce Dumnezeu le-a dăruit.

Volumul 2 păstrează aceeași temă a puterii durerii, iar Sofia este un nou personaj cu o poveste de viață inspirațională, bazată pe traume fizice și psihice, trăite și depășite.Viața și moartea, sănătatea și boala, durerea și puterea sunt toate prezente în volumul 2 și apar noi schimbări pentru toate personajele.

Marius este mesagerul sufletelor încercate, un om ce trăiește printre noi și care a decis să ajute mii de români, prin asociația caritabilă Marius și prietenii, al cărui fondator este.

Oare o altă viață va fi benefică pentru personajele din carte?

Oare vor accepta toți schimbarea sau vor păstra stabilitatea obținută cu greu?

Rămâne de văzut ce alegeri fac ei.

Cert e că fiecare din noi facem alegeri mereu, chiar și atunci când alegem să nu schimbăm nimic.

Vă mulțumesc pentru că ați citit primul volum și vă asigur că volumul 2 va păstra aceeași temă, însă cu noi povești de viață, ce ne pot inspira și motiva.

Cu drag, Claudia Bocșaru.

Printed and bound by CPI Group (UK) Ltd, Croydon, CR0 4YY
16/11/2023
03579902-0002